Bahia Blancas año 2004

Querido Emilio:
                    Que con ese "humor"
que te caracteriza, con esa "inteligencia"
que asoma como "chispitas" en tu
mirada, con esa "ternura" que con =
quista en tu sonrisa, deseamos que
leas este libro que te enviamos
con todo nuestro amor

El abuelo Angel   La abuela

Ediciones
quipu

Beba

María Inés Falconi
ESCRITORA

trabajo como docente.

Y se terminaron los renglones, pero no las cosas que tengo para contarles, así que espero que en otro momento o en otra página podamos seguir con esta charla.

Victoria Arwen
ILUSTRADORA

Cuando me pidieron que les contara quién era yo en catorce renglones, aproximadamente, hice un cálculo rápido que me dio el siguiente resultado: tenía que contarles tres años de mi vida por renglón. Imposible, ya que con sólo decir: "nací en Buenos Aires, en pleno verano"... me ocupaba varios renglones y recién había nacido.

Encontré una solución: recordé las preguntas que me hacen los chicos cuando charlo con ellos y pensé que a lo mejor ustedes querían saber las mismas cosas. Acá van las respuestas: ¿Qué otras obras escribiste? Cuentos y obras de teatro para chicos y para grandes.

¿Cómo se llaman? Son muchas, les digo algunas: "Chau Sr. Miedo", "Tornillos flojos", "Caídos del Mapa", de donde nació este libro, y otras.

¿Qué fue lo primero que escribiste? Una poesía que se llamaba "Mi conejito Pompom", cuando tenía seis años y quería tener un conejo.

¿Cómo se te ocurrió escribir "Caídos del Mapa"? Porque tengo dos hijos adolescentes, y los veía a ellos, y a sus amigos, y me acordaba de mí y de mis amigos cuando íbamos a la primaria y se me juntó todo y salió esta historia.

¿Vos estudiaste para escribir? No, estudié para ser maestra y otra carrera que se llama Ciencias de la Educación, pero desde hace algunos años, ya no

Nací un 16 de abril de 1981 y mis papás me pusieron María Victoria Arrieta porque no sabían entonces que Victoria Arwen me gustaba más (a decir verdad, yo tampoco). Desde entonces empecé a mamarrachear con princesas y dragones cuanto pedazo de papel o pared se cruzara por mi camino. Así comencé a dibujar. De chiquita siempre le pedía a mi papá que me compre lápices, pero un día me regaló unos muy especiales: eran lápices mágicos que hacían dibujos buenísimos. Entonces dejé de dibujar princesas y empecé a dibujar personas: a mi familia, a mis profesores y a mis amigos. Hasta que todos se cansaron de mis caricaturas y me pidieron que la corte un rato (nadie sabía dónde guardar tanto papel y papelito).

Pero el otro día, me ofrecieron dibujar libros para chicos. ¿Cómo iba decir que no, si me sabía de memoria cómo dibujar un hada encantada o una bruja entrometida? Así que tomé mis lápices y empecé a dibujar. ¿Y adivinen qué? Empezaron a hacer magia de nuevo...

LOS VERDES DE QUIPU

María Inés Falconi

**Ilustraciones
Victoria Arwen**

CAÍDOS DEL MAPA IV

CHAU SÉPTIMO

Ediciones QUIPU

María Inés Falconi, 2001
Ediciones Quipu, 2001
Pje. Antonino Ferrari 1100
Tel./fax: (54 11) 4431-5679
e-mail: quipu@infolibro.net
www.infolibro.net/quipu

Primera edición: enero de 2001
Segunda edición: enero de 2003

Composición y armado
Ezequiel Chiappetta

Hecho el depósito
que marca la ley 11.723
Libro de edición argentina
Printed in Argentina

Caídos del Mapa IV
Autor: Falconi, María Inés
Páginas: 288 - Serie verde
Ilustró: Arwen Victoria
ISBN: 950-504-008-3

Capítulo 1

Federico llegó a la escuela corriendo... ¡y temprano! Sin detenerse lo arrastró a Fabián hasta un rincón del patio.

–¿Qué pasó? ¿Te caíste de la cama? –preguntó Fabián cuando pudo recuperar el equilibrio.

–No. Escuchá. Ayer me fui a anotar.

–¿Adónde?

Fabián no estaba muy despierto a esa hora de la mañana.

–Al Liceo, gil. ¿Adónde va a ser?

–¿Y por eso estás tan contento?... Vos tenés fiebre.

–No. Pará que te cuente. Resulta que fui con mi vieja, porque a toda costa quería que yo viera el colegio. No sé para qué, si son todos iguales...

–¿Y está bueno?

–¡Qué sé yo!... Ni lo vi.

–¿Y entonces?...

–Que nada. Que mientras mi vieja hacía la cola y todo eso, yo me puse a dar una vuelta por ahí y ¿a qué no sabés a quién vi?

–¡Qué se yo, chabón!... Debe haber como mil personas en una escuela.

–A Leticia.

–¿Qué Leticia?... ¿La de cuarto?

–No, idiota. A Leticia, mi vecina.

–Ah... Mirá vos... –dijo Fabián sin ningún interés.

Desde hacía años Federico estaba loco por Leticia, su vecina del segundo piso, pero ella ni siquiera lo registraba. Lo mejor que había logrado Fede hasta ahora, era cruzársela en el ascensor o en la puerta de calle y que ella lo saludara. Este sorpresivo encuentro, cargado de la posibilidad de futuros encuentros en el secundario, era como sacarse la lotería.

–¿No es bárbaro?... –casi suspiró.

–Y sí... Qué se yo... Como cruzártela en el ascensor ¿no?

–¿No ves que no entendés nada, nabo?

—Retirando lo de nabo —se defendió Fabián. Fuiste al Liceo y viste a Leticia. ¡Uy, qué bueno!

—Lo que te quiero decir, es que Leticia, también va al Liceo ¿no entendés?

—Y... sí... Debe ir un montón de gente al Liceo. No le veo la gracia.

—¡Uy, pibe! ¡Qué lento sos! Si Leticia va al Liceo, puedo ir con ella todas las mañanas y volver también. Y además me la puedo cruzar en la escuela, no tengo que esperar encontrarla en el ascensor ¿Te das cuenta?

Federico no sabía como explicarse. Fabián se quedó pensando.

—Pará un poquito —dijo— Si ella va al liceo, quiere decir que es más grande que nosotros.

—Sí. Está en primero. ¿Qué tiene?

—Que si tenés suerte, capaz que repite y además de ir a la misma escuela, pueden estar en la misma división y hasta sentarse en el mismo banco. ¡Guau! ¡Genial! —se burló Fabián.

—Si te vas a reír, no te cuento nada.

—¡Si ya me contaste!

—No, idiota. No te conté lo mejor —se empeñó

Federico tratando de despertar algún interés en su amigo–. Resulta que cuando me vio, medio se hizo la tonta, ¿no?

–O sea, no te dio ni bola.

Fabián no pensaba tomarse en serio esa noticia. Estaba claro.

–Más o menos, porque yo me acerqué...

–Y ella ni te miró –lo interrumpió.

–Pará. Dejame hablar. Sí que me miró y me saludó. Entonces yo le dije que me iba a anotar y ella me dijo que la escuela era horrible, pero que zafaba bastante bien.

–Esa chica no tiene las ideas muy claras –comentó Fabián.

–Dijo por decir...

–Por sacarte de encima, bah...

–No. ¿Ves que hablás por hablar? Me dijo que si yo quería, me podía pasar los libros de primero. ¿Qué tal? –sonrió Fede en ganador. Había logrado llegar al final de la historia.

–¡¿Te los regaló?!

–No... bueno... Dijo que me los podía vender. Más baratos, claro.

—Ahora entendí: te vio venir y pensó, "¿a ver como puedo aprovechar a este plomo? Por ahí saco unos mangos..."

—¡Ma, sí! —se enojó Fede— ¡No te cuento más chabón!

—Contame, contame que me interesa —el tono de Fabián sonaba a cargada—. Lo que pasa es que no entiendo bien. Te encontraste con Leticia y te va a vender los libros. O sea, la que se tiene que poner contenta es tu vieja. Va a ahorrar un montón.

—Eso no importa...

—Así son los hijos... —siguió bromeando Fabián.

—¿Pero no te das cuenta que ahora tengo una buena excusa para hablarle? ¡Hasta para tocarle el timbre si quiero! Estuve años esperando que me diera bola.

—¡Ah... sí!... ¡Porque te dio una bola bárbara!...

—Okey. No me creas. Pero yo te digo que con ésta excusa me la engancho, vas a ver.

—Y yo te digo que la mina, lo único que quiso fue hacer un buen negocio y te encontró justo, vas a ver.

—¿Qué te juego? —lo desafió Federico.

Pero Fabián no tuvo tiempo de jugarle nada, porque en ese momento llegó Graciela y el tema, claro, no daba para hablar delante de ella.

Casi desde el Jardín de Infantes, Graciela y Federico se habían tirado onda, pero nunca había pasado nada.

Los dos eran muy orgullosos para reconocer que gustaban del otro, así que seguían amigos y buscaban novios y novias por otro lado, esperando escuchar algún día la declaración que hasta ahora, nunca había llegado.

Era claro que estando ella, no se podía hablar de Leticia.

—Problemas —anunció Graciela sin siquiera saludar.

—Se te rompió una uña —bromeó Fede.

—Paren, che... Es serio —dijo Graciela con cara de circunstancia—. Es Paula.

—¿Está enferma?... —preguntó Fabián, ahora sí, preocupado.

—No. Parece que la vieja al final la inscribió en el colegio de monjas.

—Pero yo hablé ayer a la tarde y no me dijo nada –se extrañó Fabián.

–No lo sabía. La vieja se lo dijo a la hora de la cena. Me llamó llorando como una loca.

–¡Qué raro! –ironizó Fede.

–Bueno... vos la conocés... –tuvo que aceptar Graciela. Pero en parte tiene razón. Cuando a la vieja se le mete algo en la cabeza... –dijo, defendiendo a su amiga.

¡Y sí que lo sabían! Ya muchas veces habían tenido que ayudar a Paula y en buenos líos se habían metido. Después del viaje de egresados, los chicos y sobre todo Paula, tenían la esperanza de que su mamá cambiara un poco, fuera más comprensiva... Pero evidentemente, todo seguía igual. La escuela de monjas había sido una amenaza permanente para Paula, no tanto por las pobres monjas, que parecían bastante inofensivas, sino porque Paula sabía que ninguno de sus amigos iba a ir con ella y no podía soportar la idea de separarse de ellos. Por un tiempo, con Graciela, habían planeado convencer a su mamá para ir juntas al Normal. Pero la mamá de Paula había estado averiguando y había llegado a la conclusión de que en el Normal había "muy mal ambiente", sin que nadie pudiera entender a ciencia cierta, que quería decir con eso. Graciela iba a pedirle a su mamá, que hablara con la de Paula. A lo mejor, entre madres... Pero no había llegado a tiempo. Sin avisar nada, la mamá de Paula, ayer, la había inscripto en el Misericordia y no había nada qué hacer.

Paula llegó ese día con los ojos rojos de llorar. Ninguno de los tres se animó a decirle nada y ella tampoco tenía muchas ganas de hablar.

Además, Federico tenía la cabeza en otra cosa.

–Escuchame –le dijo a Fabián mientras entraban al aula–, ni se te ocurra mencionar lo de Leticia frente a las chicas.

–¿Por?... –se hizo el inocente Fabián.

Y recibió un empujón.

Capítulo 2

Esa tarde, Fabián fue a la casa de Paula, como muchas otras tardes. Era la única forma que tenían de verse fuera de la escuela, desde que su mamá se había enterado que eran novios.

–Está bien –le había dicho a Paula cuando volvió del viaje de egresados–. Yo creo que sos muy chica para tener novio, pero no me voy a oponer. No quiero que pienses que soy una antigua. Además... a Fabiancito lo conozco desde el Jardín de Infantes y yo sé que es un buen chico. Un poco tarambana, pero buen chico. Eso sí. No quiero que andes con él sola por la calle. Nada de dar vueltas por ahí, ni de ir al cine, ni nada de eso. Si quiere ser tu novio, que te venga a ver a casa... y en la escuela, por supuesto. ¡Pero ojo con bajar las notas! ¿Estamos?...

Y estaban. ¿Qué otro remedio quedaba? Así que los dos aceptaron las condiciones y renunciaron a salir juntos hasta... bueno, sólo la mamá de Paula sabía hasta cuando.

Las condiciones del noviazgo eran bastante molestas, aunque de algo no se podían quejar: la mamá de Paula era super amable. Siempre tenía galletitas, o les preparaba leche chocolatada, o les compraba gaseosas y hasta de vez en cuando les hacía alguna torta.

Claro que tranquilos, tranquilos, nunca podían estar. Siempre andaba revoloteando alrededor, aparecía en el momento menos pensado y muchas veces, hasta se sentaba a charlar con ellos.

Ese día tuvieron que esperar como media hora para que la madre se fuera de la cocina y sabían que tenían que hablar rápido porque podía volver en cualquier momento.

—¿Qué pasó con lo de la escuela? —preguntó Fabián, atragantándose con una galletita, ni bien la mamá traspasó la puerta.

—¡Shhh! —lo previno Paula —¿Vos cómo sabés?

—Me lo dijo Graciela.

—Nada. Que me anotó. Nada más.

Hablaban en un susurro.

–¿Y qué pensás...

La entrada de la madre de Paula lo interrumpió.

–¿Qué pensás de la prueba de historia? –cambió Fabián en el aire.

–¿Historia?... –Paula siempre lenta. Fabián le dio una patada por abajo de la mesa –¡Ah... sí! Historia. Y... va a ser difícil.

–¿Tienen prueba de historia? ¿Cuándo, Paulita?

–No sabemos –contestó Fabián por Paula–. Todavía no dijo.

–Vas a tener que repasar, Paulita. Desde que volviste de Córdoba que no tocás un libro –y diciendo esto, por suerte, salió.

–¿Y qué pensás hacer? –volvió a repetir Fabián, otra vez rápido y bajito.

–¡Ni pienso ponerme a estudiar historia! –contestó Paula, colgadísima.

–Con la escuela, nena. ¿No vas a hablar con tu vieja?

–¿Para qué? Vos ya la conocés. Además, esta vez, mi viejo también está de acuerdo. Parece que un compañero del laburo tiene una hija en el Normal y le dijo que era un desastre.

–¿La hija?

–No, la escuela, tonto.

–¿Pero un desastre porqué?

–No sé dónde dejé los anteojos –comentó la mamá entrando otra vez–. No pierdo la cabeza porque la tengo pegada. ¿Qué cosa es un desastre?

Fabián tuvo que inventar sobre la marcha.

–Los terremotos, las guerras… las inundaciones también. ¡Qué desastre! –dijo, mientras Paula lo miraba asombrada.

–Tenés razón, querido... ¡Acá están! –contestó la mamá agarrando los anteojos– ¿Quieren más galletitas?

–No, gracias –dijo Fabián.

Y la mamá volvió a salir diciendo algo que ninguno de los dos escuchó.

–Lo que digo es –volvió a la carga Fabián, –que le dijeron del Normal exactamente.

–Muy bien no lo sé. Vos viste que mi vieja siempre había querido que fuera a la escuela de monjas. Lo del normal lo averiguó nada más porque yo me puse pesada. Pero no estaba convencida ni ahí.

–Bueno, ¿pero qué le dijeron?

Paula bajó más la voz.

–Que había mucha droga. Que los pibes se pasaban droga en el baño, o algo así y que una vez tuvieron que llamar a la policía, porque unos pibes se agarraron a piñas. Le metieron cualquier verso.

–¿Tienen prueba de lengua, también?

La voz de la madre los sobresaltó como si hubiera entrado la mismísima policía.

–¿De lengua?... –preguntó Paula asombrada.

Entre Fabián y su mamá la iban a volver loca.

–¿No hablabas de los versos?...

–Sí, sí. De lengua, de todo. Justamente estábamos repasando –inventó Fabián.

–Entonces los dejo tranquilos y me voy a coser esto al balcón... ¿O prefieren ir ustedes a estudiar allí, que está más fresquito?

–Acá estamos bien, ma... –resopló Paula.

–"Hombres necios que acusáis a la mujer sin razón"... –empezó a recitar Fabián.

–¡Qué linda que es esa poesía! ¡Pero qué linda! –suspiró la mamá y salió recitándola ella misma.

Paula se largó a reír.

–¿En serio te la aprendiste?

—Eso solo. Lo que yo digo, es que es todo verso.

—¡Y más bien! ¿No es una poesía?

—¡La poesía no, nena! Lo que le dijeron de la escuela es todo verso. Mi primo está en cuarto año ahí y jamás me contó nada.

—Ya lo sé. Pero vos sabés como es mi vieja... Escucha la palabra droga y hay que internarla.

—Además... ¿quién le dijo que las minas de la escuela de monjas no se drogan?

—Es que mi vieja cree que se la pasan rezando todo el día.

—Debe ser igual que el Normal.

—Sí, salvo que sin Graciela, salvo que es todo el día, salvo que tengo inglés obligatorio, salvo que tengo que ir a misa los domingos, salvo que es escuela de mujeres…

Pero Fabián ya no la escuchaba. Como traspasado por un rayo, se había parado y caminaba de una punta a la otra de la cocina.

—¿Qué te pasa?... –preguntó Paula.

—Se me acaba de ocurrir una idea.

—No –dijo Paula antes de enterarse de lo que había pensado–. No quiero más ideas, ni más planes, ni ninguna cosa rara. Ya zafé con lo del viaje. No me quiero meter en más líos.

–¡Es que es genial!

Virus, que dormía en un rincón empezó a ladrar ante el entusiasmo de Fabián, que seguía diciendo "¡Es genial! ¡Es genial!".

–¡Shhh!... ¡Paren!... ¡No, Fabi, no! –rogaba Paula mientras trataba de calmar a Virus. Dejemos todo como está.

–Mirá –le dijo Fabián bajando la voz –vos ni te vas a enterar. Dejanos a nosotros. Ya sé lo que podemos hacer.

–¡Pero Paulita! ¿No escuchás a ese perro?

La madre había aparecido de golpe en la puerta. Fabián y Paula se miraron asustados ¿Habría escuchado algo?... Y hasta Virus corrió a esconderse debajo de una silla.

–No sé lo que le pasa... –mintió Paula, mirando a Fabián, suplicante.

–Así no se pueden concentrar. ¿Por qué no lo encerrás en el baño?

–No importa, señora –dijo Fabián. Yo ya me iba.

—¿Pero no estaban estudiando?

—Ya terminamos. Chau, Pau.

Si la mamá entendía poco, Paula entendía menos. ¿Adónde iba Fabián tan apurado?... ¿Qué se le había ocurrido?

No tuvo tiempo de preguntarle. Con un "hasta mañana señora" y "excelentes las galletitas", Fabián cerró la puerta.

Y todo fue peor, porque la mamá dijo:

—Ya mismo te ponés a repasar. No creo que en cinco minutos hayan estudiado nada. Vamos.

Al menos tenía una buena excusa para encerrarse en su cuarto.

Capítulo 3

Cuando Fede le abrió la puerta, Fabián primero se quedó mudo y después, le agarró un ataque de risa.

–¿Qué pasó?... ¿Llegó Navidad, o vas a un baile de disfraces? –dijo entre carcajadas.

Es que Fede tenía la cara llena de espuma blanca, como un verdadero Papá Noel.

–Me estoy afeitando, nabo. Pasá.

Fabián entró sin dejar de mirarlo...ni de reírse.

–¿Y desde cuando te afeitás? –le preguntó descreído.

–Desde hoy.

Federico estaba molesto porque Fabián había llegado justo en ese momento, pero no era cuestión de quedar en evidencia, así que, haciéndose el importante, se fue derecho al baño y Fabián lo siguió.

Sobre la pileta había una maquinita de afeitar de

las descartables y un tubo de espuma que todavía tenía la etiquetita del precio.

–¿Lo compraste? –preguntó levantando el tubo para examinarlo.

–Más bien. Mi mamá no se afeita –contestó Fede con una mueca, e ignorando a Fabián, se paró frente al espejo y agarró con cancha la maquinita acercándosela a la cara.

Fabián también se asomó al espejo... temblando.

–Tené cuidado que eso corta –le dijo por las dudas.

–Ya lo sé, nabo –contestó Fede sin sacar la vista de su cara enjabonada.

Concentrado, llevó la maquinita abajo de la nariz. Ahí se frenó. Fabián movió la cabeza y cerró los ojos. Fede le echó una mirada fulminante a través del espejo y cambió la maquinita a la comisura del labio. Pero volvió a frenarse.

–¿Cómo corno se hará esto? –casi pensó en voz alta.

–¿Nunca lo viste a tu viejo? –preguntó Fabián por ayudar en algo.

–Mi viejo tiene barba desde que nació.

–Pero alguna vez se debe haber afeitado. ¿Por qué no le preguntás? –comentó Fabián con lógica.

–Porque a mi viejo lo veo recién el fin de semana.

–¡Ah!... Claro... Y de acá al fin de semana ¡quién sabe la barba que te crece!...

–¿No tenés nada más útil que hacer?... –preguntó Federico apuntándolo amenazadoramente con la maquinita.

–Más útil, sí... pero más divertido, no. No me quiero perder el momento de las curitas en la cara.

–Muy gracioso –dijo Fede y volvió a encarar al espejo.

–Tenés que apretar los labios, así, para abajo –aconsejó Fabián haciéndolo él mismo–. Y después le dás de arriba para abajo.

–¿Estás seguro?

–Sí. Así lo hace mi viejo.

Federico acercó la cara al espejo... y Fabián también. Hubo un silencio de suspenso mientras la maquinita se apoyaba en la piel y lentamente, Fede iba deslizándola de la nariz hacia el labio.

–No aprietes –volvió a aconsejar Fabián.

–Mmmm... –asintió Fede que no se animaba a abrir la boca.

Apareció la primera franja de labio, sin crema... pero con pelos.

–No salió nada –dijo Fede desilusionado, mientras se inspeccionaba el labio con atención.

–No me acuerdo si era de arriba para abajo, o de abajo para arriba –confesó Fabián.

–¿No ves que no sabés nada?

–Dale, probá al revés –lo apuró Fabián.

Otra vez los dos se sumergieron en la imagen del espejo. Esta vez sí, los pelos desaparecieron.

–Ahí va –dijo Fabián como un experto–. Dale al lado.

Federico pasó la máquina otra vez. La espuma iba saliendo y los pelos también.

–Ahora tenés que enjuagarla –dijo Fabián.

Fede le hizo caso. Limpió la máquina bajo el chorro de agua y la examinó.

–Está llena de pelos –dijo.

–Eso no importa. Dale otra vez.

En dos o tres pasadas más, la sombra peluda del labio había desaparecido. Federico sonrió.

–Si te afeitás, te crecen más rápido –comentó.

–Y si te crecen más rápido, te tenés que afeitar más. No veo el negocio.

–Das más grande –dijo Fede muy serio.

–¡Ah!... –se burló Fabián.

Entonces Fede se sacó el resto de espuma con la mano y se la refregó en la cara a Fabián.

–Probá. Por ahí te crece algún pelo.

–Es espuma de afeitar, no abono –dijo Fabián limpiándose y devolviendo el manotazo de espuma.

De la mano con espuma, a tirarse espuma con el tubo, hubo solo un paso. En dos minutos estaban escupiendo y tratando de poder ver algo. Ni que hablar del estado del baño. Llevó más tiempo limpiarlo que afeitarse.

–Ahora te tenés que pasar loción para después de afeitar –dijo Fabián cuando terminaron.

Federico lo miró desconcertado.

–Eso no compré.

–Entonces alcohol. Es lo mismo.

–¡Estás loco! El alcohol seguro que arde.

–No importa. Es para que se te cierren los poros.

Federico lo miró con desconfianza, pero abrió el botiquín para buscar el frasco de alcohol.

—Te lo ponés en la mano y te pasás —siguió aconsejando Fabián.

Fede echó un chorro de alcohol en la mano y medio frasco en el piso y volvió a mirar a Fabián.

—Dale... no seas cagón.

Federico cerró los ojos y se llevó la mano a la cara.

Pasarse la mano con alcohol por el labio y empezar a gritar, saltar y correr por la casa, fue una sola cosa.

Diez minutos después de que Federico se hubiera calmado, Fabián todavía estaba riéndose.

—Yo que vos me dejo la barba —le dijo tirándose en el sillón del living.

—Muy gracioso.

Federico no dejaba de apantallarse. Sentía como si el labio le echara fuego. Fabián lo observó con atención.

—¿Qué pasa? —preguntó Fede, temiendo que un tajo hubiera aparecido sobre su labio.

—Te estaba mirando porque... —Fabián se interrumpió para crear suspenso –¿Sabés que ahora parecés como de veinte?

Federico le tiró con el almohadón que encontró más cerca, Fabián lo atajó en el aire.

–¿Se puede saber a qué viniste?

–Ah... sí... Casi me olvido. Es por Paula.

Fabián le contó todo lo que Paula le había dicho y finalmente, la idea genial que se le había ocurrido.

–Tenemos que hacerle creer a la madre de Paula, que el "ambiente" del Misericordia es peor que el del Normal y listo.

–Hoy sí que tenés un día brillante –le contestó Fede –¿Qué pensás hacer? ¿Ir y contarle una mentira? No te va a creer.

–No, gil. Primero, que no sabemos si es mentira. A lo mejor en el Misericordia pasan cosas grosas y nosotros las descubrimos.

–¡Largá, enano! ¡No vamos a ponernos a jugar a los detectives!

–Más bien que no. Yo digo que inventemos algo. Algo con pruebas y todo. Algún chisme que le llegue a la vieja... no sé.

–Bueno, cuando se te ocurra avisame.

La verdad es que a Federico le interesaba bastante poco el tema.

—Está bien. Pero vos también pensá en algo —aceptó Fabián.

Y se fue con la promesa de Federico de que iba a ver qué se le ocurría.

Lo cierto es que Fede se olvidó de Paula y del Misericordia ni bien su amigo salió por la puerta. Tenía cosas mucho más importantes en qué pensar.

Capítulo 4

Al día siguiente, Federico llegó temprano por segunda vez en el año. No había podido dormir en toda la noche y no dejó que Fabián le dijera ni hola.

–¡No sabés enano! ¡No sabés! –casi gritó revoleando la mochila.

Fabián lo miró sin entusiasmo. Dos días de entrada eufórica ya era demasiado.

–¡Soy un genio! ¡No sabés lo que se me ocurrió!

Ahí Fabián reaccionó. Seguro que ya tenía un plan para ayudar a Paula.

–Me alegro –le dijo–, porque yo me rompí la cabeza y no se me ocurrió nada.

Ahora fue Federico el que lo miró.

–Gracias por preocuparte, pero puedo arreglármelas solo.

–No, no es justo –contestó Fabián–. Esto es algo

que tenemos que hacer entre todos.

—¿Entre todos?... —se sorprendió Fede.

—Obvio. Hay que decirle a Graciela, también.

—¡Vos estás del tomate! ¿Sabés como se va a poner?

—¿Por qué? Paula es su amiga ¿no?...

Ahí Federico empezó a darse cuenta de que algo no cerraba.

—Pará un poquito —dijo— ¿Qué tiene que ver Paula?...

—¿Cómo que tiene que ver?... ¿Vos no me dijiste que se te ocurrió una idea genial?...

—Sí... para ir a ver a Leticia. ¿Quién habló de Paula?... Decime si no es una genialidad —siguió sin esperar respuesta—. Fui a pedirle que me prestara la carpeta de matemática de primero para empezar a practicar, con la excusa de que yo soy medio tronco con los números.

—Pero si en matemática siempre te va bien...

—Sí, pero eso ella no lo sabe. La elegí porque me pareció la materia más difícil.

—¿Y te la prestó? —le preguntó Fabián sin mucho entusiasmo.

—Es que no estaba... Pero esta tarde pienso pasar

otra vez. La vieja, super amable. Me dio saludos para mi mamá y todo.

—Cuánto me alegro, che. Bueno y de Paula, ¿qué?

Federico en ningún momento se había acordado de Paula.

—En la primera hora pienso algo. Quedate tranquilo.

Fabián lo miró con desconfianza. Y tenía razón, porque cuando salieron al recreo, Federico estaba muy lejos de darle una solución.

—Estuve pensando —dijo. Fabián volvió a entusiasmarse, —que tenés razón. Le voy a pedir a Leticia la carpeta de geografía. ¿Mirá si se entera que soy bueno en matemática?...

—¿Y de Paula?... —insistió Fabián.

—No se me ocurrió nada. Vamos a preguntarle a las chicas. Ellas entienden más de estas cosas.

Pero las chicas, lejos de pensar en el Misericordia, estaban revolucionadas porque un chisme había empezado a circular por el grado. Se decía que la Foca, la maestra de geografía, estaba de novia. ¡Y eso sí que era un noticón!

—¡Ustedes ven muchas telenovelas, nena! –se rió Fede–. ¡Mirá si la Foca va a estar de novia! ¡Es revieja!

—¿Y eso que tiene que ver? Cualquiera se puede enamorar –sentenció Graciela.

—¡Quién le va a dar bola, piba! Uno del PAMI tiene que ser...

—No es del PAMI ¿ves? –desafió Graciela.

—¿Y vos como lo sabés?

—Porque lo sé. Es el sargento Guayra.

Fabián y Federico se quedaron mudos. Graciela y Paula los miraban triunfales. Eso sí que era un notición. La Foca había conocido al sargento Guayra durante el viaje de egresados. Era el policía que custodiaba el hotel y ella, claro, era la maestra que acompañaba a los chicos.

Muchas veces los habían visto conversando, e incluso habían visto a la Foca deshacerse en sonrisas ante la amabilidad del sargento, pero de ahí a que estuvieran de novios...

—¿No vieron lo buena que está desde que volvimos?... –comentó Paula, como si eso fuera prueba suficiente.

–¿Y eso qué tiene que ver? Capaz que le hicieron bien unas vacaciones –dijo Fabián.

–No está buena. Está afónica, que no es lo mismo –se rió Fede.

Esa fue la primer sospecha. La Foca, por lo general gritona, exigente e insoportable, estaba hecha una dulzura. Hasta de vez en cuando hacía algún chiste malo, que obligaba a todo el grado a reírse sin ganas. Y de la sospecha a la confirmación del noviazgo, sólo había un paso.

–Bueno, ponele que esté de novia –Fede no se daba por vencido–. A ver... ¿Quién se los contó?

Las chicas se miraron. La fuente no era confiable, seguro.

–Miriam –dijo Graciela con un hilito de voz.

–¡¿Y ustedes le creyeron?! –se empezó a reír Fabián.

–Seguro que la Foca la llama todos los días por teléfono y le cuenta ¿no? –se burló Federico.

–Sí... ya sé que Miriam no es muy confiable... –tuvo que aceptar Graciela–, pero ella dice que los vio... Y puede ser...

La gorda Miriam era una máquina de armar

mentiras. Nunca se había llevado bien con nadie y era capaz de cualquier cosa, con tal de que le dieran bolilla. Esta vez, afirmaba y contaba con lujo de detalles que ella había presenciado la despedida entre la Foca y el sargento Guayra.

—Pará —le dijo Fede a Fabián—. No nos podemos perder esto. Vamos a pedirle que nos cuente.

Fabián y Federico salieron corriendo en busca de Miriam para divertirse un rato a costa de ella, Paula y Graciela los siguieron.

La encontraron comiendo un alfajor, sentada en la escalera, mientras trataba de terminar apurada la tarea que no había hecho.

—Gorda... ¿cómo es eso de que la Foca tiene novio?... —preguntó Fede sin preámbulos.

—Así. Tiene novio.

Miriam ni levantó la cabeza de la carpeta. Si querían saber algo más, que sufrieran.

—Sí. Pero ¿vos cómo sabés? —insistió Fede.

—Después te cuento. Ahora no puedo. —Miriam era imbancable siempre y cuando se hacía la interesante, más.

–Dale, gorda... Contá. ¿Los viste transando? –insistió Fabián.

–Puede ser... –y siguió escribiendo.

Los chicos se miraron como para matarla. ¿Iban a tolerar un desplante de la gorda?... Federico atacó.

–¡Vos no sabés nada, piba! Es todo un invento... –dijo.

–Sí que sé. Sé porque los vi.

Había entrado.

–¿A ver?... ¿Qué viste?... –la desafiaron.

–Yo te cuento, pero me tenés que jurar que no se lo vas a decir a nadie.

–Te lo recontra juro –dijo Fede–. Contá.

Miriam se acomodó y le pegó un mordiscón al alfajor.

–El día que nos volvíamos de La Falda –dijo tratando de tragar rápido para poder hablar –yo bajé al jardín del hotel, porque ya me había bañado y éstas –señaló a Paula y a Graciela, –tardan un siglo en el baño y yo me aburría.

–Hacela corta, gorda... –la apuró Fede.

–Si querés que te cuente te cuento como yo quiero.

–Dale, dale... ¿Y qué pasó?

–Bueno... que yo bajé...–siguió Miriam –fui al jardín y vi pasar a la Foca con el policía ese que custodiaba el hotel.

–¿Me estás cargando? –dijo Fede haciéndose el sorprendido.

–Si pasaron juntos, seguro que son novios –concluyó Fabián muy serio.

–Nadie es novio por caminar juntos, tarado –aclaró Miriam sin entender la broma–. Eso no es lo importante.

–No interrumpas, che –Fede fingió retar a Fabían, que ya empezaba a tentarse –Contá, gorda... contá...

–Bueno –siguió Miriam–. Pasaron y se sentaron ahí, en esa cerca de tronquitos que había.

–¡Y transaron!

–¿Me dejás contar? –Miriam se empezó a enojar–. No. No transaron. Se pasaron los teléfonos.

–¡Ahora sí! ¡Seguro que están de novios! Cuando uno le da el teléfono a alguien, seguro que está de novio –la siguió Fabián.

–No idiota. Lo importante pasó después, cuando se despidieron.

–¡Se dieron un beso!

–No. Se dieron la mano –corrigió Miriam.

–¡Más bien! ¿Sabés el estómago que hay que tener para darle un beso a la Foca? –se rió Fede.

–Y más con ese resfrío –agregó Fabián.

–¡Qué asquerosos! –dijo Paula.

–¿Nosotros?... El asqueroso es el sargento ese.

–Pero lo más importante... –Miriam trató de retomar sin tener en cuenta los comentarios –es que después de saludarse, el sargento Guayra le agarró la mano y se la besó. Y la Foca se quedó muda.

–Por el resfrío.

–No, tarado, por el beso. Lo miraba así –dijo Miriam poniendo cara de boba, con la boca abierta.

–¡Haceme esa cara de nuevo, por favor te lo pido! –rogó Federico al borde de la carcajada.

Pero Miriam no le llevó el apunte y largó el último dato.

–Bueno y después ella se fue para el hotel y a mí me pareció que se secaba una lágrima.

–Se secaba un moco, nena... Vos no servís para detective –volvió a molestarla Fede.

–Bueno, ustedes piensen lo que quieran, pero

estaba llorando. Seguro.

–¡Vos ves novios por todas partes! Lástima que el sargento Guayra no tenga un amigo...

–¿Por? –preguntó Miriam sin entender.

–Para que te lo presente... Así salen los cuatro juntos –se rió Fede.

–¡Son unos tarados! ¡No sé para qué les conté! –se ofendió Miriam.

–Para nada, nena. Eso es un invento –dijo Fabián.

–¡No es ningún invento! ¿Para qué iba a inventar eso?

–¡Qué sé yo! Pero no tenés ninguna prueba.

Miriam se paró y fulminó a Fabián con la mirada.

–¡¿Vos querés pruebas?! ¡¿Querés pruebas?! –lo desafió acercándose hasta que quedaron nariz con nariz.

–¡Más bien! –dijo Fabián buscando la complicidad del resto. Nunca le había gustado enfrentarse con Miriam. –Yo esa historia no me la creo.

–Okey –dijo Miriam decidida. –Si querés pruebas las vas a tener. Vas a ver.

Los empujó para pasar por el medio y se fue. Los cuatro se quedaron mirando como se alejaba. Mucho no le creían, pero... ¿Realmente, Miriam tendría pruebas de lo que había contado?...

Capítulo 5

Nada pudieron resolver ese día sobre el Misericordia. Paula insistía en que ella no quería saber nada sobre el asunto y hasta llegó a taparse los oídos para no escuchar. A Graciela, la idea le pareció buena, pero se le ocurrieron cosas tan ridículas como decir que una chica había quedado embarazada y hacerle poner a alguien un almohadón en la panza, o fingir un robo, o llenar la puerta de la escuela con latas de cerveza el día que la madre de Paula pasara por ahí. Y Federico... bueno, Federico sólo pensaba en la carpeta de geografía que le iba a pedir a Leticia. Claro que eso no se lo decía a nadie.

Fabián estaba decepcionado. Ninguno de sus amigos le daba bolilla. Se sintió un verdadero tarado. ¿Para qué se iba a preocupar, si ni siquiera a Paula le importaba?... ¡Ma, si! ¡Que fuera a la escuela de monjas! Problema de ella.

Pero eso tampoco lo dejaba contento. Siempre que había habido un problema, los cuatro se habían unido para resolverlo y no sólo lo habían logrado, sino que se habían divertido a lo loco. Algo tenía que hacer. El asunto es que hasta él estaba tonto. ¡¿Cómo podía ser que no se le ocurriera ninguna idea?!

Seguro de que solo no iba lograr nada, llamó por teléfono a Fede. Si no quería pensar en algo, por lo menos podrían salir un rato con la bici...

Pero Fede no estaba. Tenía cosas más importantes que hacer.

Esa tarde, juntando coraje, había bajado los dos pisos por el ascensor y tocado el timbre en el departamento de Leticia... ¡Y estaba! Ella misma le abrió la puerta.

—Hola ¿qué hacés? –le dijo cuando lo vio ahí parado.

Federico estaba tan seguro de que no la iba a encontrar, que por un instante se quedó mudo. ¿Qué era lo que hacía?... ¡Ah... sí!

—Vine por lo que hablamos el otro día –dijo.

Leticia no entendió.

—Por los libros –aclaró Fede.

–¡Ah!... –cayó Leticia–. Los libros, sorry. ¿Qué pasa con los libros?...

Ojalá yo supiera qué pasa con los libros, pensó Fede, e intentó decir algo.

–¿Sabés qué pasa?... Que hay algunas materias en las que... bueno... muy bien no me va.

–Sí, claro... –comentó Leticia. ¿Qué otra cosa podía decir?...

–Y me quedé pensando que si vos tenés los libros del secundario, por ahí podrías pasármelos, para ir poniéndome al día.

–¡¿Vas a empezar a estudiar desde ahora?! –preguntó Leticia sorprendida.

–Bueno... a estudiar no... –¿estaba quedando como un idiota?–, pero les quería echar una ojeada. No sé... para ver si es mucho más difícil.

–Por mí... –dijo Leticia haciéndole paso para que entrara–. Vení. Los tengo en mi cuarto. ¿Qué libro querés?

Federico no podía creer que estaba adentro de la casa de Leticia... con Leticia...

–Geografía –dijo, ahora un poco más canchero. Al menos no lo había echado de entrada.

–¡Uy, qué asco! –comentó Leticia, tomando la delantera por el pasillo que llevaba a los cuartos–. Odio la geografía. Estoy segura que me la llevo.

–¿Tan difícil es?... –preguntó Fede "interesadísimo".

–No, para nada... Pero no me gusta y encima la profe es una guacha.

–A mí me pasa lo mismo –se apuró a remarcar Fede.

Leticia, sin comentarios, revolvió la biblioteca, separando hojas, carpetas y libros en busca del de geografía, que por lo visto, no tenía muy a mano.

Fede aprovechó para mirar el cuarto. Estaba bueno. De mina, claro. Todo bien menos el poster de ese idiota de Leonardo Di Caprio.

–¿Te gusta di Caprio? –preguntó descolgado.

–¿Cómo?...

–Leonardo Di Caprio –dijo Fede señalando el poster con la cabeza.

–Ah... –se sonrió Leticia. ¡Qué linda era cuando se sonreía!... Se le hacían dos hoyitos al costado de la boca–. No. Antes me gustaba. En la primaria... Pero ahora no.

–¿Y porqué tenés el poster? –preguntó Fede.

–Quedó. Cuando encuentre otro así de grande lo cambio.

–¿Otro de quién?

Leticia se encogió de hombros.

–No sé... Uno que quede bien... Acá está –dijo sacudiendo un libro. Creí que lo había perdido.

–Parece que mucho no lo usás –se rió Fede.

Leticia volvió a sonreír. ¡Esos hoyitos!...

–¿Y por qué te creés que me la estoy por llevar?...

Leticia le alcanzó el libro. Fede lo hojeó fingiendo un cierto interés.

–Si querés, sentate por ahí y miralo. Yo no tengo drama –le dijo–. Tengo que terminar un ejercicio de matemática. ¿Entendés algo de matemática?...

–En eso soy bastante bueno –contestó Fede. ¡Gracias enano!, pensó.

–Bueno. Cualquier cosa te pregunto. Sentate.

Fede buscó donde sentarse, pero sólo quedaba la cama. Leticia volvió a sonreír.

–Podés sentarte en la cama, si querés. No hay drama –dijo otra vez.

Antes de que Fede pudiera acercarse a la cama, Leticia pegó un salto de la silla y de un manotazo sacó algo que había sobre la colcha. Fede pudo ver, aunque ella trató de ocultarlo, que era un corpiño.

—Está todo medio desordenado —dijo Leticia colorada como un tomate, mientras lo tiraba dentro del ropero.

—No hay drama —repitió Fede contagiado.

Pasaron unos cinco minutos. Fede, aburrido, hojeando el libro de geografía y mirando la nuca de Leticia, con el pelo recogido con una hebilla y unos mechones cayendo desordenadamente alrededor del cuello. No miraba mucho, porque tenía miedo de que Leticia se diera vuelta de golpe. Era claro que el ejercicio no le salía, porque mordía la birome y no escribía nada.

¿Cuánto sería el tiempo prudencial para mirar un libro de geografía?... No quería irse, pero tampoco podía estar ahí toda la tarde. En un libro de geografía, ¡ni las figuritas eran lindas para mirar!

De pronto Leticia se dio vuelta y Fede, apurado, cerró el libro de un golpe.

—¿Terminaste? —preguntó Leticia.

¡Qué tarado! Tenía que decir que sí.

–Sí.. Más o menos me doy una idea.

Bueno, el momento de irse había llegado. No tenía excusa. Se paró.

–¿Estás apurado?... –preguntó Leticia mordisqueando la birome.

–Sí... no... más o menos... –ni idea lo que le convenía contestar.

–¿No me podés ayudar con esto? –dijo señalando el cuaderno–. Digo... si no estás apurado.

–¿Apurado?...No... Para nada...–. No pegaba una–. Dejame ver.

Leticia se corrió para que él pudiera leer el ejercicio. Fede se acercó al escritorio. Era geometría. Los números y las letras se le mezclaban delante de los ojos. Nunca la había tenido tan cerca. Escuchaba los dientes de Leticia contra la birome. Sentía como respiraba. Mejor que me concentre, pensó, si no lo saco, voy a quedar como un idiota.

Hizo un esfuerzo. ¡Sí! ¡Sabía como se hacía!

–Es una estupidez –dijo.

–Sí... soy medio bruta... –contestó Leticia avergonzada.

El bruto soy yo, pensó Fede, qué metida de gamba.

–No... quiero decir que... –¿cómo la arreglaba?–. Mirá, si te lo explico, seguro que lo sacás.

Federico explicó como pudo la forma de resolver la superficie de esa extraña figura que estaba dibujada en la carpeta y Leticia lo entendió. Al menos, eso dijo.

Ahora sí, se tenía que ir. Ya no había excusa. Leticia lo acompañó hasta la puerta.

–Bueno... cuando necesites ayuda... –dijo Fede.

–Te toco el timbre –completó Leticia.

–Eso. En serio. No hay drama –¡otra vez!– Gracias por el libro. Chau.

Sin esperar respuesta, Federico se lanzó escaleras arriba, lo más mesuradamente que pudo. Sólo cuando escuchó que la puerta de Leticia se cerraba, pegó un salto y subió corriendo los escalones de dos en dos, sin parar hasta que estuvo tirado en su cama. Ahí, pegó un grito. Lo había logrado.

Capítulo 6

–¿Se puede saber dónde te metiste ayer a la tarde? –lo recibió Fabián a la mañana siguiente.

–Fui a lo de Leticia. ¡No sabés!... Resulta que...

–Después me contás –lo cortó Fabián malhumorado–. Tengo que terminar la tarea.

Fede lo miró extrañado. La tarea no era más importante que lo que él tenía que contarle. ¿Qué le pasaba a Fabián?...

Durante la primera hora, nadie pudo hablar de
nada. Los ejercicios de lengua eran difíciles y había
mucho que copiar. A la mitad de la hora, los chicos
recibieron un papelito doblado. Antes de abrirlo miraron alrededor para ver quién lo mandaba y se encontraron con la redonda cara de Miriam que les
sonrió y los saludó con la mano. ¿Qué quería la gorda?...

Los chicos abrieron el papel y leyeron: "Tengo

pruebas. Se las muestro en el recreo. Miriam". Fabián y Federico se miraron desconfiados y la volvieron a mirar. Miriam les volvió a sonreír, triunfante. Ese cuento de Miriam no le interesaba a nadie. Fede hizo un bollo con el papel y lo tiró para atrás, sonriéndole ostensiblemente. Miriam le sacó la lengua.

Pero en el recreo no pudieron zafar. Miriam los persiguió hasta alcanzarlos y las chicas, que querían saber cuáles eran las pruebas vinieron atrás.

–Bueno... ¿qué me dicen?... –los encaró.

–¿Qué te decimos de qué? –le contestó Fede.

–De las pruebas. ¿Quieren verlas?...

–La verdad, no –dijo Fede–. No te creería ni que me traigas una foto de la Foca con el sargento ese.

–¡¿Pero vos sos tarado, pibe?! ¿Sabés a lo que me arriesgué para conseguir esto?... Me podrían haber echado de la escuela.

–Lástima que no te agarraron –comentó Fabián.

–¿Y qué conseguiste?... Una declaración jurada... una grabación... una foto... ¿Qué?

–El teléfono del sargento –dijo Miriam sacudiendo un papelito.

–¡Buenísimo! Llamalo que por ahí te invita a salir... Como tiene tan mal gusto... –se rió Fede.

–¡Tarado!

–¿Y cómo lo conseguiste? ¿Lo buscaste en la guía?... –preguntó Graciela, que a diferencia de los chicos, sí quería saber si la Foca tenía novio.

–No. Eso hubiera sido muy fácil, nena –dijo Miriam haciéndose la importante–. Lo robé.

–¿Lo robaste?! –se sorprendió Graciela.

–Se lo saqué a la Foca de la cartera.

–No le crean. Es todo verso –dijo Fede, viendo que Miriam llevaba las de ganar.

–No es verso, idiota. Mirá –de lejos le mostró el papelito–. ¿Ves que es el número?

–Eso lo escribiste vos... –arriesgó Fabián.

–¿No ves que no es mi letra, idiota? –le contestó Miriam.

–La cambiaste –dijo Fabián canchero.

–Primero que no la cambié y segundo, tarado, que es muy fácil comprobarlo. Llamás y listo.

–Okey. Dámelo –dijo Fede estirando la mano para agarrarlo.

–¿Estás loco? –Miriam lo esquivó hábilmente–.

Este lo tengo que devolver. Si querés llamar, anotalo.

Graciela se anotó el número en la palma de la mano y Miriam se guardó el papelito, feliz con el éxito conseguido. Esa tarde se iban a reunir los cuatro en su casa e iban a llamar.

Los chicos quedaron en encontrarse en la casa de Graciela para llamar, aunque estaban seguros de que ese teléfono no era el del sargento y que Miriam ya tenía preparada alguna excusa. En el mejor de los casos, era el del sargento, pero lo había copiado de la guía.

Entonces sucedió algo inesperado. La Foca, se demoró en comenzar la clase. Daba vueltas los papeles de su escritorio, revolvía los cajones, hojeaba los cuadernos. Nadie le prestaba demasiada atención. Los chicos aprovechaban para hablar, terminar los mapas o molestar a alguien. Solo Miriam seguía sus pasos sin perderla de vista. Aterrorizada, vio como la Foca, cada vez más nerviosa, sacaba su cartera del armario y empezaba a revolverla. Miriam se acercó al banco de Fede, pálida.

—Me parece que está buscando el papel —les dijo.

Los chicos miraron a la maestra.

—¡Largá gorda! Ese papel es trucho —le contestó Fede.

Pero en ese momento, la Foca, sacada, dio vuelta la cartera y vació su contenido sobre el escritorio.

Fabián le dio un codazo a Federico mientras preguntaba:

—¿Se le perdió algo, seño?...

Era la forma de desenmascarar a la gorda.

—Sí... no sé... —contestó la Foca distraída mientras seguía revolviendo—. Tenía un papel...

—¡Qué te dije! —dijo Miriam en voz baja, cada vez más asustada.

—¿Quiere que la ayude?... —insistió Fede.

—No, está bien...No se puede haber perdido.

Si el papel que buscaba la Foca, era el que tenía Miriam, la gorda se llevaba todos los premios. Pero si era otro... ¡Mejor que empezara a correr!

Federico se jugó por esta última posibilidad. No soportaba que Miriam se saliera con la suya y estaba dispuesto a deschavarla.

—Dame el papel, gorda —le dijo por lo bajo.

—Ni loca. ¿Qué vas a hacer?

–Vos dámelo, te digo. Te voy a salvar.

–¿Vos te creés que yo soy tarada?...

–¿Me lo das o no? –insistió Fede.

–Ni pienso.

–Como quieras –dijo Fede parándose–. Seño...

–¿Se lo vas a decir? –se asustó Miriam.

Federico la miró sonriendo. Miriam estaba acorralada.

–Tomá –le dijo dándole el papel.

Fede, sonriéndole, se lo metió en el bolsillo.

–Seño, deje que la ayude. Cuatro ojos ven más que dos –y sin esperar respuesta se acercó al escritorio.

–Gracias, Soria –dijo la Foca sin dejar de revolver–. Es un papel chiquito... con un teléfono...

Fede hizo una mueca de disgusto. ¿Entonces era cierto?... Se tiró abajo del escritorio e hizo que buscaba por el piso. Ahí sacó el papel del bolsillo y extendiéndoselo a la Foca le preguntó.

–¿Será este, Seño?...

La Foca lo agarró y lo miró calzándose los anteojos.

–¡Ay, sí, Soria! ¡Qué suerte!

¡Qué mal le había salido! Malhumorado, Fede se levantó del piso sacudiéndose y miró a Miriam, que le contestó cerrando el puño con el dedo del medio levantado.

–Gracias, Soria... –dijo la Foca. Y para sorpresa de Federico, le estampó un beso.

Doble papelón. Miriam había ganado y la Foca lo había besado.

Fede volvió a su banco, mientras la maestra retomaba la clase. Miriam lo miró sonriendo.

–¿Y?... –le dijo.

–No cantes victoria, nena. Todavía hay que llamar. A lo mejor es el teléfono del pedicuro.

Les quedaba una posibilidad para vencer a la gorda y esa tarde lo iban a comprobar.

Capítulo 7

Hacía ya tres cuartos de hora que esperaban a Federico y aunque Paula, Graciela y Fabián estaban acostumbrados a que siempre llegara tarde, ya se estaban aburriendo.

–Llamemos igual –dijo Graciela–. ¿Para qué lo necesitamos?

–No, aguantá. Ya sabés como es...

Para Fabián no tenía ninguna gracia llamar al sargento Guayra con las chicas.

–¡Es que me pudre que siempre haga lo mismo! –se quejó Graciela–. Vas a ver que si no lo esperamos, la próxima vez llega a tiempo.

–Bueno, aguantemos hasta las siete. Si no viene, llamamos.

–¿Por qué no probás otra vez? –sugirió Paula.

Fabián volvió a marcar el número de Fede. Nadie. Lo atendió el contestador.

–Dejale un mensaje –dijo Graciela.

–Mejor no... capaz que se le arma un lío.

–¿Lío con qué?... –Graciela sospechó algo–. Vos sabés dónde está.

–No, no sé nada... Habíamos quedado en encontrarnos acá –se defendió Fabián nervioso–. ¿Dónde va a estar?...

Y decía la verdad. Él no sabía nada... aunque se lo podía imaginar. Decididamente, Fede era un tarado. Si al menos le hubiera dicho algo, ahora él podría manejar la situación frente a las chicas. Mejor que apareciera pronto.

El teléfono sonó.

–¡Ahí está! –dijo Fabián avalanzándose, pero al atender se encontró con la desagradable voz de Miriam.

–¿Y?... ¿Llamaron?... –preguntó ansiosa.

–No, gorda –Fabián le hizo una seña a las chicas–. Y además, ¿a vos que te importa? Si llamamos o no, es cosa nuestra.

–Ahí te equivocás. ¿Quién les dio el número?...

–Bueno, si estás tan interesada, ¿por qué no llamás vos?

–Porque yo ya sé que es el número del sargento. Los que tienen dudas son ustedes ¿no?... –Miriam siempre tenía respuesta para todo.

–¿Entonces para qué preguntás? –se la siguió Fabián de malhumor. Si de algo no tenía ganas era de hablar con Miriam.

–Preguntar es libre, pibe –dijo Miriam–. Y además no llamé para eso. Dame con Paula.

Fabián, extrañado, le pasó el teléfono a Paula, que atendió más extrañada todavía.

–¿Pauli?... –dijo Miriam en un ataque de ternura–. ¡A que no sabés?! –pasó a un ataque de entusiasmo–. ¡Me anotaron en el Misericordia!

–¿Cómo en el Misericordia?... –dijo Paula, con un ataque de pánico.

Fabián y Graciela prestaron atención.

–Es que mi viejo me quería anotar en el Santa María ¿te acordás?... Pero yo no quería ir sola y lo empecé a hinchar, entonces mi viejo habló con tu mamá y ella le contó lo del Misericordia y bueno... me anotó. ¡¿No es buenísimo?!... –el entusiasmo le seguía.

–Sí... –Paula no atinó a decir otra cosa.

—Iba a ser horrible ir a una escuela donde no conocés a nadie... ¿no te parece?... Dicen que el Misericordia es una escuela super buena, que salís rebien preparada y tiene muy buen ambiente, no como la nuestra.

—Sí... —volvió a decir Paula.

Fabián y Graciela se mordían los codos por enterarse de lo que Miriam le decía.

—Bueno... mañana hablamos. Ahora les dejo el teléfono libre para que llamen al sargento. Chau.

—Chau...

Paula colgó, miró a los chicos y dijo decidida:

—Pensemos en algo, porque yo al Misericordia no pienso ir.

Cambio de planes. Situación de emergencia. El futuro de Paula estaba en peligro. Mejor dejar el asunto del sargento para otro día. Además, Federico no había llegado y por mucho que protestaran, los tres sabían que sin Fede, la llamada no iba a tener ninguna gracia. El "plan Misericordia" era más urgente.

Urgente sí, pero fácil no, porque no se les ocurrió mucho. En principio quedaron en que Paula se iba a mostrar entusiasmada con la idea de ir a ese colegio, para que su mamá no sospechara nada y que tenían que encontrar la forma de conectarse con alguien de ahí, para averiguar si adentro pasaba algo interesante. Si podían conseguir un dato cierto, iba a ser mejor que uno inventado.

Eso no era difícil, porque el Misericordia daba talleres y tal vez Paula pudiera anotarse en alguno. La idea no le gustaba mucho. ¡Ella no quería hacer ningún taller! ¡Menos a esa altura del año! Pero Graciela la convenció diciéndole que podían ir juntas. Podían anotarse en...

–¡Computación! –gritó Fabián. Pero las chicas lo miraron con asco. ¿Quién quería estudiar computación?... Ya bastante con la escuela.

Pensaron en cerámica, dibujo, repostería... y terminaron decidiendo por danza. Eso les gustaba a las dos.

–¿Y quiénes te enseñan a bailar? ¿Las monjas?... –preguntó Fabián colgadísimo.

Le contestaron que no se meta, que ellas iban a arreglar todo y que después le iban a avisar.

Cuando la conversación pasó al tema de la malla de baile, las calzas o el color de los tops, Fabián tuvo la certeza de que estaba totalmente de más y se volvió a su casa.

¡Si al menos supiera dónde estaba Fede!...

Capítulo 8

Recién a la noche, Fabián pudo comunicarse con Federico, que le confesó, sin mucha culpa, haberse olvidado por completo de ir a la casa de Graciela.

Es que cuando volvió de la escuela, le contó a Fabián, encontró en la heladera un mensaje de su mamá: "Estuvo Leticia y dijo que si podés, pases por la casa. Vuelvo a las nueve. Besos".

Ese fue el instante en que borró de su cabeza al sargento Guayra, a la Foca, a sus amigos y al mundo entero. Ni siquiera tomó la leche y eso en él, ya era grave. Tiró el delantal y corrió a lo de Leticia. Corrió, corrió, porque cuando llegó a la puerta, tuvo que esperar un momento para recuperar el aliento antes de tocar el timbre.

El caso es que a Leticia, por suerte para Federico, la geometría la estaba volviendo loca y que el ejercicio de ayer estaba bien y había pensado que a lo mejor Fede le podía explicar este otro que era más difícil; que la estaban matando y que tenía una prueba la próxima semana.

Mientras lo escuchaba, Fabián trataba de calcular si Leticia le habría dejado a Fede alguna parte del cerebro intacta.

Pero Fede seguía hablando. Por supuesto, se había quedado a explicarle. Jamás pensó que la geometría le iba a gustar tanto y que podía ser una materia tan útil.

No había duda: le había comido todo el cerebro. Pacientemente, Fabián escuchó todo lo demás.

Esta vez, el ejercicio fue lo de menos. Cuando terminaron con eso, se quedaron charlando sobre el secundario y después hablaron de música y Leticia le mostró sus compacts y le hizo escuchar el último de los Redonditos que Fede no había escuchado y está buenísimo y después tomaron Coca y comieron galletitas y Fede, copadísimo, no dejaba de hacer chistes para que Leticia se riera y le salieran los hoyitos que tanto le gustaban. Y Leticia se reía. Se reía de todo y no se ofendía como las chicas, ni decía qué bruto ni qué asqueroso. Se notaba que era más madura y que no sólo era linda, sino también muy inteligente.

–¿Y entonces, por qué no le salen los ejercicios de geometría? –preguntó Fabián con una lógica indestructible.

Federico le dijo que no sabía, pero que tampoco le importaba. Es más. ¡Ojalá que no le salieran nunca!

Fabián tuvo que bancarse unos diez minutos más de la maravillosa Leticia, hasta que pudo empezar a contar las novedades del día, pero no consiguió de Fede un comentario, ni una reflexión, mucho menos una idea. Sólo una invitación para reunirse mañana en su casa, después de la escuela, para por fin llamar al sargento.

–Así estoy seguro de no olvidarme –bromeó.

Al día siguiente, en la escuela, Miriam estuvo insoportable. Primero, porque con el cuento de que iban a ser compañeras en el secundario, se le pegó a Paula como estampilla. Y si Miriam era insoportable como enemiga, como amiga era mucho peor. No hacía más que hablar del Misericordia, del uniforme, de las materias, de la profesora particular que su papá le iba a poner para prepararse en el verano, porque la primaria había sido tan floja y el Misericordia era tan exigente... Y cuando cambió de tema fue mucho peor, porque los trató de cobardes por no haber llamado por teléfono al sargento y les dijo que ella sí había hablado, con él personalmente y faltó que inventara que el sargento Guayra le había mandado saludos a la Foca. En fin, una tortura que terminó cuando Federico la amenazó con contarle todo a la maestra si no los dejaba tranquilos. Miriam dijo que ella no tenía miedo, pero se ve que la amenaza dio resultado, porque no los molestó más.

De la escuela, se fueron directo para lo de Fede. Las chicas se habían tragado el verso que el día anterior su papá había pasado a buscarlo sin avisarle, pero no le perdonaron que no hubiera llamado.

Cuando llegaron, Fede fue derecho a la cocina para ver si había mensajes en la heladera. Si Leticia había pasado, quería hacer desaparecer el papelito antes de que las chicas lo vieran y además, iba a tener que echarlos cuanto antes para poder ir a verla.

Pero la heladera estaba pelada, por fuera y por dentro, como siempre.

–¿Por qué no vamos a comprar galletitas? –propuso Graciela.

–No, mejor no –se negó Fede–. Vamos a perder un montón de tiempo.

–¿Y con eso?... –le contestó Graciela–. ¿Qué apuro tenés? Yo puedo quedarme hasta las ocho.

–No... sí... ya sé... Es por Paula... –Fede buscó una excusa–. Siempre se tiene que ir temprano ¿viste?...

–Por mí no hay problema –dijo Paula–. Mi vieja también me viene a buscar a las ocho.

–Gracias por preguntar hasta qué hora se podían quedar, che –dijo Fede malhumorado–. No hay drama, hagan de cuenta que están en su casa.

–¡Ay!... "No hay drama"... –se burló Graciela–. ¿Qué?...¿Sos cheto ahora?...

–¿Por qué no te dejás de decir estupideces, nena? –se enojó Fede.

–Porque parece que te molesta que hayamos venido –le contestó Graciela en el mismo tono–. Si tenés tanto problema, vamos a mi casa y listo.

–¿Se van a seguir peleando, o vamos a comprar

las galletitas? –intervino Fabián viendo como venía la mano.

–Vamos.

–Hagan lo que quieran –contestaron Graciela y Fede al mismo tiempo.

–Viendo que están todos de acuerdo, ¿quién va? –insistió Fabián.

Miró a todos, pero nadie le contestó.

–Okey, dejen. Voy yo. Es lo que estaba pensando. ¿Alguien tiene guita?...

Y ahí se terminó el tema de las galletitas, porque entre todos pudieron juntar cuarenta y cinco centavos, que no alcanzaban ni para el papel. Tuvieron que conformarse con un vaso de chocolatada y tostadas con mermelada, que después de todo, no estuvieron nada mal.

–Bueno, dale, llamemos –apuró Fede con el último bocado.

En realidad, tenía pensado pasar por lo de Leticia para preguntarle como le había ido y no podía caer a la hora de la cena. Tenía que zafar cuanto antes de esta tontería del llamado. ¡¿A quién le importaba si la Foca tenía novio?!

Esta vez por suerte, nadie reparó en su apuro.

–Esperá que traigo el número –dijo Graciela yendo a buscar su mochila.

–¿Y si nos atienden, qué decimos? –preguntó Paula.

–Hola –le contestó Fede.

–¡Qué gracioso! Yo digo... ¿qué? ¿Preguntamos si vive ahí? ¿Pedimos hablar con él?... ¿Mirá si se da cuenta que somos nosotros?

–Ustedes saben –empezó Fabián muy serio–, que el sargento Guayra, como es de la policía, tiene un grabadorcito con todas las voces grabadas y el nombre, la dirección, todo...

–¿En serio? –preguntó Paula entre sorprendida y asustada.

Fabián y Fede se echaron a reír.

–¡No podés ser tan tonta, nena! Es imposible que sepa que somos nosotros... –le contestó Fede.

–Pero a veces la policía detecta de dónde es el llamado. ¿Viste en las películas?... –insistió Paula.

–Claro... Y en la casa del Guayra este, está todo el FBI esperando que nosotros llamemos para atraparnos. ¡No digas pavadas!

Graciela llegó con el número.

–Creí que lo había perdido –dijo–. ¿Quién llama?

–Paula –dijeron los dos chicos al mismo tiempo y se largaron a reír ante su cara de susto.

–Dame –dijo Fede–. Llamo yo.

–No, dejame a mí –le pidió Graciela–. Es menos sospechoso si es una mina.

–¿Por?

–Porque sí. Para que no piense que es un gaste.

–¡Ah... claro! Porque ustedes no hacen jodas por teléfono ¿no?...

–Eso es una pendejada –se defendió Graciela.

–Sí... ¡porque vos sos tan grande! –le contestó Fede.

–Dale, marcá de una vez –pidió Fabián, tratando de frenar la segunda pelea de la tarde.

Graciela agarró el teléfono y marcó el primer número.

–No te equivoques –dijo Fabián y Graciela le sacó la lengua.

Marcó el segundo y Fede, como si hubiera visto un fantasma gritó:

–¡Pará!

Graciela se asustó tanto que colgó

–¿Qué pasa? –preguntó.

Federico había escuchado parar el ascensor en su piso y pensó que podía ser Leticia que venía a buscarlo, por eso no supo qué decir.

–No... nada... es que escuché el ascensor y...

–Pensaste que venía la policía –se rió Fabián.

–No, idiota... pensé que... –¡en qué lío se había metido!–. Mi vieja. Pensé que era mi vieja.

–Pero si tu vieja está...

Fabián no pudo terminar. Alguien tocó el timbre.

Los chicos se miraron sorprendidos. Fuera quien fuera, no había tocado el portero eléctrico.

Federico nervioso, se levantó a abrir. Si era Leticia, no quería que la vieran. El corazón le latía a mil por hora. Con salir a hablar al pasillo, listo. No tenían porqué enterarse que decía, ni quién era, ni para qué lo buscaba.

Entreabrió la puerta y ahí estaba... el portero, con la cuenta de la luz para que le diera a su mamá.

Todos se largaron a reír. ¡No podían ser tan tontos! ¿Habían pensado realmente que podía ser la policía?... Fede también se rió con ellos, pero la verdad es que estaba desilusionado. ¿Por qué Leticia no había aparecido en todo el día?...

Graciela volvió a marcar. El número era largo, porque era larga distancia. Fabián se lo dictaba.

–Suena –anunció Graciela.

Una voz de mujer contestó del otro lado.

–Hola... Hola...

Graciela colgó.

–¿Por qué colgaste?

–¿Qué pasó?

–¿Era el sargento?

–¿Te atendió él?...

Todos preguntaban al mismo tiempo.

–No sé... –dijo Graciela–. Era una mina.

–¿Y por qué no preguntaste por el sargento? –quiso saber Fede.

–No sé... Mirá si es la esposa...

Los chicos se miraron. Nadie había pensado en esa posibilidad.

–Dejá que llamo yo –dijo Fede.

–No, paren. Mejor no llamemos más –pidió

Paula–. Se va a dar cuenta.

–No se va a dar cuenta de nada, nena...

Federico marcó. Todos acercaron la oreja al teléfono. Otra vez atendió la mujer.

–Hola... ¡Hola! ¡Conteste por favor!

Antes de que Federico se animara a pedir por el sargento Guayra, escuchó que la mujer le decía a alguien del otro lado.

–Otra vez, Beto... Es el mismo...

Se escucharon unos ruidos y una voz de hombre tronó en el teléfono.

–Escuchame, degenerado –dijo–. Esto es una casa decente. Es más, yo soy de la policía, así que si seguís molestando con el teléfono como ayer, preparate porque te voy a localizar y vas a saber lo que es bueno.

Después colgó con fuerza. Federico, pálido, también colgó rápido. Los chicos se miraron.

–¿Ustedes llamaron ayer? –preguntó.

–No, para nada... –dijo Graciela–. Debe ser una casualidad...

–¡Qué mala suerte! –dijo Fabián–. ¿Justo ahora a alguien se le dio por llamarlo por teléfono?

Los cuatros se miraron.

–No fue "alguien" –dijo Fede–. Fue Miriam.

No había duda. ¡Claro que había llamado!

–¡Qué gorda idiota! ¡Quién sabe cuántas veces llamó! –dijo Fabián.

–Pero era el sargento. Seguro –dijo Graciela.

–No dijo quien era. Dijo que era de la policía. Puede ser Pérez, Rodríguez. Por ahí la gorda la pegó de casualidad.

–Nunca nos vamos a enterar –dijo Graciela–. No podemos volver a llamar.

–¿Por? –preguntó Fede.

–Porque no, nene. ¿No escuchaste lo que dijo? –se enojó Paula.

–Eso porque no contestamos –dijo Fede–. Pero podemos llamar y contestarle.

–Sí, claro y le decimos la verdad –ironizó Fabián–. Vamos a ir en cana.

–¿Quién le va a decir la verdad?... Inventamos algo...

–Dejalo así, mejor... –pidió Paula–. Ya está. La gorda tenía razón: era el teléfono del sargento y listo. ¿Qué nos importa?

–Primero, que no sabemos si era él hasta que se lo preguntemos y yo todavía no estoy seguro –le contestó Fede– y segundo, que si era él, está casado y seguro que la Foca no sabe nada. ¿No les da lástima?...

–Capaz que le dio el teléfono por cualquier otra cosa... –sugirió Fabián.

–Okey –dijo Fede enojado–. Los que organizaron todo esto fueron ustedes, así que si están contentos, buena suerte. A mí no me importa. Díganle a la gorda que tenía razón. Pueden felicitarla, también.

Se produjo un silencio. Fabián no terminaba de entender a Federico. Siempre había convencido a todos para hacer lo que él quería. Nunca dejaba las cosas por la mitad, ¿Por qué no insistía? Después de todo... ¿qué había de malo en llamar otra vez?...

Paula se imaginaba al sargento Guayra en la comisaría frente a un detector de teléfonos que no tenía ni idea de como era y Graciela pensaba en la desilusión de la pobre Foca enamorada de un hombre casado, que encima vivía en Córdoba.

Sólo Federico pensaba en otra cosa: cómo pedirles que se fueran.

Graciela rompió el silencio.

–Creo que Fede tiene razón –dijo–. No por la gorda, por la Foca. Si ese tipo es casado, hay que prevenirla.

–¿Y qué le decimos?... "Oiga, seño... su novio es casado"... ¿Cómo te suena? –dijo Fabián.

–No sé... Eso podemos pensarlo después...Yo creo que lo primero es saber la verdad –insistió Graciela.

–Yo creo que no hay que llamar más –insistió Paula.

–Y yo creo que si no averiguamos algo, no sé para qué mierda vinieron –dijo Fede apoyando las piernas en el brazo del sillón, harto de toda esa historia.

–Okey. Llamemos –se decidió Fabián –¿Están de acuerdo?

Graciela dijo que sí y Paula se encogió de hombros. Cuando los tres se proponían algo, sabía que era inútil oponerse.

Federico volvió a marcar.

–¿Qué le vas a decir? –preguntó Graciela.

–Dejame a mí –le contestó Fede mientras esperaba.

El sargento Guayra atendió, dispuesto a asesinar de un grito al que lo estaba molestando. Pero esta vez, Fede contestó:

—¿Está el sargento Guayra? —dijo fingiendo la voz.

—Soy yo —fue la lacónica respuesta —¿Quién habla?...

—Elvira... ¿se acuerda?...

Los chicos casi se mueren: ¡Elvira era el nombre de la Foca! Por supuesto que con ese nombre la conocía el sargento. Hacerse pasar por la maestra era demasiado arriesgado.

—Pero por supuesto, Elvira... —la voz del sargento, de golpe se hizo dulce y pegajosa—. No la voy a olvidar de ayer a hoy...

Federico había separado el teléfono de la oreja y los chicos, pegados al tubo, podían escuchar lo que decía el vozarrón del sargento.

—¡Ay... sí... —fue lo único que se le ocurrió contestar a Fede y los demás se taparon la boca para no reírse. ¿Y ahora qué le decía?...

Por el teléfono se escuchó la voz de la mujer llamando de lejos.

–¡Beto!...¿quién es?...

–Mire Elvira... –dijo el sargento Guayra bajando la voz –ahora no puedo hablar. Mañana la llamo desde la comisaría ¿está bien?...

–Está bien –contestó Fede.

–Hasta mañana.

–Chau –dijo Fede despidiéndose como nunca lo hubiera hecho la Foca. Si hubiera podido ver al sargento, se hubiera dado cuenta que miró el tubo extrañado ante semejante saludo, pero el teléfono no tenía pantalla.

Por fin pudieron reírse con ganas. Después de todo no fue tan grave y habían averiguado un montón de cosas: sin duda era el sargento Guayra y la gorda tenía razón; él y la Foca hablaban seguido... algo pasaba. El sargento estaba casado, la gorda no lo sabía... ¡y la Foca tampoco!

–Hay que avisarle –dijo Graciela decidida–. Este tipo la está engañando.

–A lo mejor la Foca ya lo sabe... –comentó Federico.

–¡Ni ahí! –Graciela estaba segura de que la Foca jamás se enamoraría de un hombre casado.

—A lo mejor son amigos y nada más —sugirió Paula.

Todos la hicieron callar. Olían que ahí pasaba algo y a pesar del odio que todos le tenían a la maestra, no podían aceptar que alguien la engañara así.

—¿Y con la gorda qué hacemos? —se acordó Fabián.

Resolvieron decirle a Miriam que habían llamado y que el teléfono era de un tal Rodríguez. Si le decían la verdad no se la iban a poder sacar de encima y además... no era cuestión de darle la razón tan fácilmente.

Decidir cómo hacían para que la Foca supiera la verdad, era más complicado, porque tenían que hacer que se enterara, sin que se diera cuenta que ellos sabían todo. Descartaron los anónimos, escritos o telefónicos, las frases tipo "Seño, la esposa del sargento Guayra me invitó a pasar unos días en Córdoba", las preguntas directas como "diga, seño, ese sargento Guayra ¿es casado?", o el chisme indirecto, para que toda la escuela lo supiera y la Foca terminara enterándose.

En eso estaban, cuando volvió a sonar el timbre. Esta vez nadie le prestó atención, sólo a Fede le dio un vuelco el corazón. ¿Sería Leticia?...

Abrió la puerta y era Leticia.

El plan de Fede de salir a hablar al pasillo quedó inmediatamente desbaratado, porque Leticia, antes de que pudiera frenarla, empujó la puerta y entró.

Los chicos la miraron sorprendidos.

–Hola –dijo Leticia con toda naturalidad.

La saludaron al pasar mirando a Fede en busca de una respuesta.

–Es mi vecina –fue todo lo que se le ocurrió decir.

Leticia los ignoró para hablar con Fede.

–Te venía a decir que el ejercicio que me explicaste ayer estaba bien y que hoy me tomó y me puso un siete. Así que bueno.. te quería dar las gracias.

–¡Qué suerte! –dijo Fede como un tonto

–Tipo que... me dieron otro, ¿viste?

–¡Uy!... –más tonto aún.

–Pero si estás ocupado –señaló a los chicos con la cabeza –no hay drama, porque no es para el viernes.

–¡Ah!...

–¿Mañana podés venir? Tipo a esta hora, digo...

–Eh...

–Si no podés no hay drama...

–No... sí... Puedo.

–Okey. Te espero en casa. Sorry por el garrón ¿viste?...

–No hay drama –contestó Fede y quiso desaparecer después de haberlo dicho.

–Sos un santo –comentó Leticia–. Mañana nos vemos. Chau. Chau –repitió saludando a los chicos y se fue.

Fede cerró la puerta y volvió a decir.

–Mi vecina –como si eso explicara algo.

–"Tipo que"... ya nos dimos cuenta –dijo Fabián y todos se largaron a reír. También Fede, aunque sin ganas.

Nadie comentó nada más, pero era claro que el ambiente ya no daba para seguir pensando en la Foca. Graciela se moría de odio, pero por supuesto, ni pensaba demostrárselo, Fabián no sabía qué decir para no meter la pata, aunque le había encantando eso de "sos un santo" y Paula, que ni siquiera se había dado cuenta de nada, salvó la situación pidiendo la tarea de mañana, que todos se apuraron a ofrecerle.

Al rato, Graciela dijo que se iba, que quería hacer la tarea temprano y que estaba cansada. Paula tenía que esperar que la vinieran a buscar y Fabián, sin muchas ganas, se quedó también a hacerle pata. Pero la tarde estaba arruinada y los tres la terminaron mirando la tele.

Capítulo 9

–Gorda –sentenció Fede a la mañana siguiente –lo del número de teléfono es un verso.

Por muy interesado que pudiera estar en explicarle matemática a Leticia, no se iba a perder la oportunidad de molestar a Miriam. Fabián se alegró: Fede parecía el de siempre.

–¿Llamaron?... –los desafió Miriam.

–Por supuesto que llamamos.

–Ayer –agregó Paula

–Desde lo de Fede –aclaró Graciela.

–Y no había ningún sargento Guayra –dio el golpe de gracia Fabián–. Era la casa de Rodríguez. El comisario Rodríguez –exageró.

Miriam se puso pálida, pero como no le gustaba perder, contraatacó.

–Marcaron cualquier número, pibe –dijo–. Y además, ¿cómo sé que llamaron?...

–Te la hago corta –Federico tomó la posta–. Marqué, pregunté por el sargento Guayra y me dijeron que ahí no había ningún sargento Guayra –mintió.

–Y que eso no era ninguna comisaría –siguió agregando Fabián.

–¡Mirá que cosa, ¿eh?! –Miriam no sabía si creerles o no–. Porque yo también llamé y me atendió el mismísimo sargento.

Fabián y Federico se miraron. La gorda estaba mintiendo. La tenían. Fede se tomó su tiempo.

–Te atendió... –dijo –¿pero vos le preguntaste si era el sargento Guayra?...

–Bueno... no... ¿Para qué le iba a preguntar si le reconocí la voz? –se defendió Miriam–. Tenía voz de sargento.

–Ah... claro... Porque existe la voz de sargento, la voz de médico, la voz de cartero... ¡Muy reconocible, che! –se burló Fabián.

–Vos no hablaste, nena –se metió Graciela envalentonada por el apoyo de los chicos–. Escuchaste, nada más.

–Y ustedes también. Estoy segura –Miriam no

se iba a dar por vencida así nomás.

—Mirá, gorda, esta historia del novio de la Foca que inventaste, casi te sale bien, pero te descubrimos, así que andá pensando otra cosa, porque este chisme ya no te sirve para nada —cerró el tema Federico.

La dejaron gritando que era verdad, que ella se los iba a demostrar y que conseguiría más pruebas, que iban a ver… Pero por mucho que gritara, los chicos ya festejaban el éxito obtenido. Mentiroso, pero éxito al fin.

El más contento era Fabián. Eso era lo que quería. Otra vez los cuatro juntos, invencibles, como siempre. Se había preocupado demasiado. Federico era el mismo de siempre, aunque se le diera por afeitarse. Seguramente ahora se les ocurriría qué hacer con la Foca. Ya era hora de tener algo entre manos otra vez. Y resuelto lo de la Foca, se ocuparían del colegio de Paula. Nada había cambiado. Casi se colgó del hombro de Federico de tan contento que estaba.

—La verdad es que no la descubrimos —dijo Paula de repente—, porque el número era del sargento, como decía la gorda. Fuimos nosotros los que le mentimos a ella.

–¡Ay, nena! ¡Ahora te vas a poner en moralista! –se enojó Fede–. ¿Por qué no vas y le contás, también?

–Listo, ya fue. –Fabián quería evitar una pelea–. La gorda se lo tragó. A otra cosa.

–No, a otra cosa no... Tenemos que alertar a la Foca. Acuérdense de eso.

–Bueno, andá y decile –la cortó Fede.

–Primero tendríamos que estar seguros ¿no?... –dudó Paula.

–¿Seguros de qué?... Es clarísimo que "Beto" está casado. ¿No te diste cuenta?...

Fabián no quería que nadie se echara atrás.

–Paula tiene razón. Yo creo que habría que volver a llamar y preguntar por la Sra. de Guayra, para asegurarnos –dijo Graciela.

–No. Mejor que eso. Miren –Fabián estaba entusiasmadísimo–. Llamamos. Fede dice que es la Foca y le pregunta "¿Cómo anda su esposa?" ¡Beto se va a querer morir!

–Es medio arriesgado, pero es bueno, porque

cuando el tipo se sienta descubierto, va a tener que confesar la verdad, o la va a tener que cortar, o algo así –lo siguió Graciela–. Llamemos hoy mismo. Cuanto antes mejor.

–Yo hoy no puedo –dijo Fede y no aclaró nada más.

–¡Ay... sorry! –se burló Graciela–. Nos olvidamos que tenés tus clases particulares...

–No es por eso –intentó defenderse Fede inútilmente, porque ya todo el mundo lo sabía.

–¡Ah... no?... ¿Y por qué es entonces, si se puede saber?...

Fede los miró. Pensó que los tres esperaban una explicación y se sintió acorralado. Acorralado y mufado.

–¡Bueno, ¿y si es por eso qué tiene?! –se enojó–. Ya quedé con Leticia, no la puedo dejar plantada.

–Claro... pobrecita... ¿Mirá si se lleva matemática?... –se burló Graciela.

–No es eso, es que... –empezó Fede y cambió en el aire. ¿Qué sentido tenía buscar excusas?–. Voy a ir porque quedé y porque se me da la gana y porque lo de los llamados me parece una tontería y porque después de todo a ustedes no les importa lo que hago o dejo de hacer, así que si quieren llamar por teléfono hoy, no cuenten conmigo –pateó con furia un papel que había en el suelo y se fue.

–No te preocupes... ¡No te necesitamos para nada! –le gritó Graciela.

Fabián estaba aturdido. La alegría le había durado poco. ¿Se iba con Fede o se quedaba con las chicas?

–¡Sí!, lo necesitamos –dijo, tratando de convencerlas, sin dejar de mirar como Fede se alejaba.

–Por mí que se muera. Yo no pienso rogarle –contestó Graciela furiosa.

–Yo tampoco –adhirió Paula, como siempre.

–¿Pero quién va a llamar?... –arriesgó Fabián sabiendo que las chicas no tenían respuesta.

–Vos.

Sí la tenían.

–Vos estás loca, nena... Se va a dar cuenta.

–Si creyó que Fede era la Foca, ese sargento se puede creer cualquier cosa. Es más sordo que una tapia.

–Es cierto –acotó Paula.

–Hoy en mi casa –dijo Graciela.

–No, paren... –Fabián volvió a intentarlo–. Llamemos mañana. ¿Qué apuro hay?

–¿Qué pasa?... ¿Si no está el gran Fede no te animás?... –lo pinchó Graciela.

–¡Claro que me animo, piba! Pero no quiero que se quede afuera...

–Yo sí. Nosotros no lo echamos, él se cortó solo. Que se las aguante. ¿De qué lado estás?...

Fabián miró a Paula y se dio cuenta de que no tenía alternativa. O estaba con las chicas, o se iba a tener que pelear con Paula.

–Como quieran –dijo al fin.

–Seis y media –dijo Graciela–, porque Paula y yo tenemos que ir a averiguar lo de los talleres.

Fabián respondió con una mueca y se fue a dar una vuelta solo por el patio. Había quedado en el medio, o mejor dicho, no había quedado en ningún lado. Capaz que le convenía hacerse amigo de la gorda y todo.

Capítulo 10

El Misericordia era más normal de lo que las chicas esperaban. No vieron monjas por ningún lado y salvo alguna imagen religiosa en las paredes o en los pizarrones, parecía una escuela como cualquier otra. Hasta se llevaron una sorpresa, porque los talleres eran mixtos.

El de danza no tenía vacantes, pero la persona que las atendió les dio una lista de cursos en los que se podían anotar y como lo que ellas querían era meterse en la escuela de alguna manera y no aprender a bailar, cambiaron danza por teatro.

En realidad lo cambió Graciela. Eso de hacer teatro le pareció de lo más divertido. Siempre le había gustado cuando le tocaba actuar en la escuela, sobre todo si tenía que disfrazarse. En el Jardín siempre la elegían y por ahí todavía debían estar las fotos del 25 de Mayo, cuando la mamá le pintó la cara con corcho para hacer de mazamorrera.

En cambio Paula no quería saber nada. Pensaba en actuar y se moría de vergüenza. Una sola vez la habían elegido para decir una poesía, en cuarto y se le había hecho tal nudo en la garganta que no le salía la voz. María Sol había tenido que empezar por ella. Un papelón.

Graciela insistió en que esto seguro era distinto, que no era un acto, que no la iban a obligar y que después de todo, si no le gustaba, no iba más y chau. Paula aceptó a regañadientes, pero cuando salieron del Misericordia, las dos estaban tan entusiasmadas, que casi se olvidaron de porqué habían ido. No paraban de hablar y de hacer conjeturas sobre cómo sería el taller, hasta que se dieron cuenta de que se les había hecho tarde y tuvieron que correr a la casa de Graciela, donde Fabián ya las estaba esperando en la puerta.

Ni locas le iban a contar a los chicos, bah... a Fabián, lo del taller de teatro. Primero tenían que saber de que se trataba, para poder defenderse del gaste que seguramente recibirían.

Tuvieron suerte, porque Fabián no preguntó de-

masiado. Estaba preocupado por la ausencia de Fede y volvió a insistir con que mejor dejaban el llamado para otro día. Pero Graciela no quería saber
nada. Había que demostrarle a Federico que no lo
necesitaban.

Fabián no tuvo más remedio que llamar. El
asunto no le parecía divertido. Una cosa era reírse
de las ocurrencias de Federico y otra muy distinta
enfrentarse con el sargento Guayra, aunque sólo
fuera por teléfono.

Marcó y esperó nervioso.

–Si atiende la mina, corto –avisó.

Pero atendió el sargento en persona.

–¿Quién habla? –siempre tan amable.

Fabián tragó saliva.

–Elvira... –dijo con una voz... ¿cómo definir-
la?... mezcla de mono estrangulado con loro afóni-
co.

Las chicas se taparon la boca para no reírse. Fabián estaba todo colorado.

–Pero Elvira... –se dulcificó el sargento –¿Para
qué gasta en comuniciones?... ¿No le dije que yo la
llamaba desde la comisaría?...

Fabián se quedó mudo.

–¿Elvira?...¿Está ahí?... –preguntó el sargento.

–Sí...

Las chicas hacían señas para que hablara. Querían que hiciera la pregunta fundamental. Fabián cerró los ojos para juntar coraje, como si el sargento estuviera adelante de él.

–¿Cómo - está - la - señora - Guayra?... –casi deletreó.

–Muy bien, está muy bien... Gracias por preocuparse –contestó el sargento con toda amabilidad.

Fabián volvió a quedarse mudo. No esperaba esa respuesta. Miró a las chicas esperando una ayuda. Él no era Federico. No sabía qué decir.

–¡Cortá! ¡Cortá! –lo apuraron las chicas.

–Chau –dijo tontamente Fabián y cortó. Estaba transpirando.

Otra vez, el sargento volvió a mirar el tubo, preocupado. Algo le pasaba a Elvira. Estaba tan rara... Mejor la volvía a llamar ahora mismo. Marcó y al segundo timbrazo atendió la Foca; no Fabián, claro.

–¿Elvira?... –preguntó temeroso.

–¡Sargento! –la voz de la Foca sonaba alegre, entusiasmada, distinta a la de hace un momento.

–Beto, Elvira, llámeme Beto, ya le dije.

–Es que no me acostumbro... Beto –la Foca se rió con una risita tonta.

–Se cortó –comentó el sargento refiriéndose al llamado reciente.

–¿No me diga?... Andan tan mal los teléfonos... –contestó la Foca, lejos de saber de qué estaba hablando.

–La llamé para decirle que no me llame. Yo puedo hablar desde la comisaría. No gaste.

–Bueno, como quiera –siguió contestando la Foca tranquilamente.

–Le agradezco su preocupación... Pero no es necesario que me llame todos los días... No me malentienda... Ya sabe... Se me complica... –trató de justificarse el sargento.

–Ya lo sé sar... Beto... Quédese tranquilo. Ni se me ocurriría llamar a su casa.

El sargento miró el tubo. ¿Estaba loca?... ¡Si acababa de hacerlo!

–Es que usted vio... Ayer no pudimos hablar y

hoy, se cortó.

—Los teléfonos andan tan mal... —volvió a repetir la Foca.

—¡Beto!...¿Quién es?... —se escuchó a la mujer a lo lejos.

—Como le decía, tengo que cortar. La llamo esta noche. Ya ve que no le miento.

—Jamás pensaría algo así... Beto. No se preocupe y llámeme cuando pueda.

La Foca y el sargento cortaron esa conversación de sordos, que por suerte, no levantó ninguna sospecha en la Foca y a pesar de todo, tranquilizó al sargento.

Los únicos intranquilos eran los chicos. Habían confirmado que existía una señora Guayra, pero el sargento no se había sorprendido al sentirse descubierto. ¿Podía ser tan hipócrita?... ¿O acaso la Foca estaba al tanto de todo?... ¿Sería la Foca la amante oculta del sargento en vez de una novia engañada?... Esto era una verdadera telenovela.

—Sea como sea —dijo Fabián—, nosotros no podemos hacer nada más.

Si las chicas estaban pensando que él iba a seguir haciéndose pasar por la Foca, estaban muy equivocadas.

–Sí... Nos vamos a meter en un lío –coincidió Paula.

¡Bien!

–¿Y vamos a dejar todo así?... –preguntó Graciela desilusionada.

–¿Y qué querés hacer? Una cosa era averiguar si la gorda decía la verdad y otra muy distinta armar un quilombo con este tipo. ¿Para qué?

–¡¡Cómo para qué?! Para salvar a la Foca –insistió Graciela.

–¡No podemos! ¿No entendés que no podemos? –se enojó Fabián–. Es problema de ella, si se enamoró de este tipo, cosa que en realidad, ni siquiera sabemos, o si está casado, o viudo o lo que sea...

–Dijo que la señora Guayra estaba bien, idiota –ironizó Graciela.

–Por ahí está bien muerta –se rió Fabián.

–¡No seas tarado! Lo que pasa es que te da miedo llamar. Si estuviera Fede...

–Por lo visto a Fede también le parece una tontería, porque no está–. Fabián la interrumpió. Lo tenía cansado con eso de nombrar a Fede a cada rato. ¿Él estaba ahí o no estaba ahí?

–Bueno, está bien. Entonces, ¿qué proponés? –lo desafió Graciela.

–¡¿Yo?!... Yo no propongo nada. No quiero saber nada más con esta historia.

Paula se había quedado callada. Ella tampoco quería seguir con esto, los podían descubrir, pero... ¿Iba a dejar sola a Graciela?... Después de todo tenía razón, Fabián estaba asustado. ¡Siempre tenía que hacer todo con Fede!

–Si quieren seguirla, síganla solas –concluyó Fabián.

–¿Ustedes creen que los necesitamos para todo lo que queremos hacer? –Graciela estaba furiosa.

–¿De qué "ustedes" hablás, nena?... El único gil que está acá bancándose tus tonterías soy yo, te lo recuerdo –le contestó Fabián.

–Es lo mismo. Aunque Fede no esté, seguro que salís de acá y vas corriendo a contarle. Es más. No querés seguir porque Fede no vino.

–¡No digas pavadas! Fede no vino porque está saliendo con Leticia, que es mucho mejor que estar llamando por teléfono a un chabón que vive en Córdoba.

Fabián quiso agrandar la situación para impresionarla... y lo logró. Graciela se quedó muda por un segundo. Esa no se la esperaba. ¡¿Saliendo?!... Pero si la noticia era mala, peor era que Fabián se diera cuenta de que la había afectado.

–¡Mirá que novedad! –reaccionó en seguida–. Todo el mundo sabe que Fede sale con Leticia. ¿Y con eso qué?...

Ahora el soprendido fue Fabián. ¿Todo el mundo lo sabía menos él?... ¿Por qué Fede no se lo había contado?...

–Con eso nada –contestó–. Vos lo nombraste a Fede, no yo. Fede no tiene nada que ver con esto. Y si querés que te diga, tiene razón. Hacer llamadas por teléfono es una estupidez, es cosa de minas y yo no pienso seguir haciéndolo, así que si quieren llamar, llamen ustedes.

–Más bien que vamos a llamar. No te necesitamos para nada. Ni para eso, ni para el Misericordia, ni para nada. Por nosotras te podés ir ahora mismo, si querés.

Paula la miró desesperada. Si Graciela lo echaba, ella no podía decirle que se quedara, aunque quisiera. No iba a traicionar a su amiga.

–Más bien que me voy. Tengo cosas más importantes que hacer –contestó Fabián yendo hacia la puerta.

–Sí... jugar con la computadora –se rió Graciela–. ¡Y correr a contarle a Fede!

–Chau –dijo Fabián sin contestarle y cerró de un portazo.

A Paula se le llenaron los ojos de lágrimas.¡Ni siquiera le había preguntado qué pensaba! ¡Ni le había pedido que se fuera con él!

–Es un tarado –comentó Graciela. Paula hizo fuerza por no llorar–. Bueno ¿qué hacemos?...

Paula se encogió de hombros. Quería irse a su casa. No entendía por qué se había armado toda esta pelea. Estaba enojada con ella. ¿Por qué nunca decía lo que pensaba?...¿Por qué no le había dicho a Fabián que tenía razón?... Bueno... Fabián también la había ignorado. Graciela tenía razón, era un tonto.

–No seas tonta, Pau... –Graciela la abrazó–. Son

unos tarados. Vas a ver como mañana vienen en amiguitos...

Paula se dejó abrazar, pero no estaba muy segura de que lo que decía Graciela fuera así.

Capítulo 11

Fabían sabía que no tenía sentido ir a lo de Fede. Seguramente todavía estaba con Leticia.

Estaba...¡Y cómo!

Aunque había ido a verla con la intención de estar con ella, resolver algún otro ejercicio, estar con
ella...y estar con ella; esa tarde, la matemática quedó postergada. Hacía mucho calor y ninguno de los
dos tenía demasiadas ganas de enfrentarse con la
circunferencia del círculo.

Empezaron por sentarse un rato en el balcón, a tomar gaseosas, con la ventana abierta hacia el living
para poder escuchar Los Redonditos. Leticia protesta-
ba contra la escuela y lo pesados que se ponían los
profesores cuando tenían que cerrar el trimestre. Sobre todo ahora, que estaba llegando fin de año.

–Tipo que no te perdonan una ¿viste?...

–A mí me pasa lo mismo –dijo Fede–. Con el

asunto de que hay que estar preparado para el secundario, no nos dejan ni respirar.

—¡Nada que ver! —saltó Leticia—. La primaria, nada que ver...

Fede se sintió un idiota.

—Las maestras te tienen mucha más consideración. Tipo que no te van a mandar a marzo porque un día no hiciste la tarea.

—No... eso no...Pero igual tenés que estudiar un pedazo —trató de defender su situación Fede.

—¿Vos todavía estudiás?... —se rió Leticia. —Yo cuando estaba en la primaria no hacía nada...

Estúpido, tarado, bobo... —pensó Fede.

—Bueno, en realidad no... Para mí la escuela ya fue... —Fede cambió abruptamente de parecer.

—Obvio... En la primaria no hacés nada... Salvo que seas un traga, claro...

Federico se rió.

—¿Tengo cara de traga? —preguntó mostrando su mejor perfil.

—No, para nada... —Leticia lo miró bien—. Vos parecés más grande... como de segundo... tercero —exageró.

Fede sintió que se elevaba en el aire, tocaba el cielo con las manos y volvía a bajar. Tuvo que contenerse para no saltar de alegría. Pero preguntó indiferente.

–¿Sí?...

–No sos como los pendejos de séptimo... –se rió otra vez. ¡Los hoyitos!–. Son re-tarados...

–Yo tampoco me los banco mucho –se hizo el interesante Fede.

–Cuando éramos chicos, yo no te bancaba –se volvió a reír Leticia–. Me acuerdo que cuando pasábamos con la bici te ponías en el medio para hacernos caer ¿Te acordás?...

–Para nada –mintió Fede.

–Con ese otro tarado... ¿Cómo se llamaba el pibe que vivía en el edificio de enfrente?...

–¿Vos decís Marito?...

–Ese. ¡Qué estúpido!

–Sí... No éramos muy amigos... –volvió a mentir.

–Andaban siempre molestando. Tipo que si pisabas la vereda te echaban a los empujones.

Fede se acordaba perfectamente. Por aquel entonces pensaba que Leticia era una tonta patas largas y se divertía haciéndola llorar. Después, cuando empezó la primaria no se habían dado más bolilla, pero a él le empezó a gustar.

–Una vez –siguió Leticia–, yo había ido con Andrea a tomar un helado a la heladería que estaba acá a la vuelta ¿te acordás?...

–Tito´s.

–¡Ésa! Y cuando volvía con el helado, vos me pediste que te convidara y como yo no quise, me empujaste y se me cayó el helado. ¡Y me puse a llorar! –Fede también se acordaba de eso y tuvo que disimular la risa–. Era re-chiquita...

–Entonces te debo un helado –¡qué maestro!–. Si querés vamos ahora y te lo compro.

–Sorry... pero Tito´s ya no está más.

¡¿Eso tenía que contestar?! Se podía haber sorprendido, se podía haber sentido... halagada, algo. "Tito´s ya no está más"... ¡Mujeres!

Fede no se dio por vencido.

–Vamos a la heladería de la diagonal. Te dan unos helados gigantes con baño de chocolate gratis.

–No como chocolate. Engorda.

¿Por qué se la hacía tan difícil?...

–Pero helados comés ¿no? –Fede no quería volver a patinar.

–Sí, claro –se rió Leticia–. Poco, porque también engordan.

Fede se empezó a hartar, pero ya era una cuestión de honor.

–Entonces vamos, yo me compro un helado y te convido un poquito ¿te va?...

–Es que no tengo muchas ganas de salir. Sorry... ¡Hace tanto calor!...

Fede tuvo ganas de decir que justamente por eso él se moría de ganas de tomar un helado, que los helados no se tomaban cuando hacía frío y que si no quería venir que se quedara y que se iba solo y que el helado se lo pagara Magoya, pero en cambio dijo:

–Tenés razón.

Se produjo un silencio. Fede miraba el edificio de enfrente, como si pudiera encontrar en alguna ventana la respuesta a su reciente y rotundo fracaso. Leticia tamborilleaba los dedos sobre las piernas, siguiendo el ritmo de la música. De pronto se paró de un salto.

–Okey, vamos –dijo.

Federico la miró sorprendido.

–¿Adónde?...

–A tomar un helado. ¿No te morías de ganas de tomar un helado?...

Para matarla. ¡No se moría de ganas, era una invitación, iba a saldar una deuda de años! ¿No había entendido?

–No, dejá... Puedo ir en otro momento –le contestó.

–Dale... no seas malo... acompañame... ¡Muero por un helado!

Fede le iba a recordar que recién no quería ningún helado, pero prefirió no perder tiempo y aprovechar la oportunidad, antes de que Leticia volviera a arrepentirse.

Fueron hasta la diagonal, compraron los helados, se dieron a probar los gustos de uno y otro, concluyendo que a cada uno le gustaba más el que había elegido; tomaron agua del bebedero, se salpicaron un poco y emprendieron el regreso, discutiendo si los helados de Tito´s eran mejores o peores que los de la diagonal... sin ponerse de acuerdo.

Al cruzar la calle, Leticia se tropezó. Cuando recuperó el equilibrio, Fede le puso una mano en el hombro.

–Mejor te agarro para que no te caigas –dijo.

Leticia se rió, pero no le sacó la mano.

Cruzaron por la plaza. Fede tenía que hacer fuerza para que la mano que tenía apoyada sobre el hombro de Leticia no le temblara. Caminaban en silencio, ella entretenida enroscando y desenroscando una tirita de su remera, él dudando si ese sería el momento adecuado para una declaración. Todo venía bien, se estaba haciendo de noche, en la plaza no había muchos chicos, Leticia no le había sacado la mano... Tenía que aprovechar; si llegaban al departamento se pudría todo porque iba a tener que irse a su casa. Tenía que ser ahora, pero...¿y si se mandaba y Leticia le decía que no?... Aunque no le había sacado la mano...

–¿Vamos a las hamacas? –dijo. Se arrepintió al instante. Era una tontería.

Pero para su sorpresa, Leticia salió corriendo, gritando que le ganaba... y le ganó. Estuvieron hamacándose, tratando de ver quién llegaba más alto y otra vez no se pusieron de acuerdo.

Por un rato, a Fede se le pasaron los nervios, pero las hamacas se fueron deteniendo y ya estaban demasiado cansados para reiniciar la competencia y...¿Sería el momento?...

Ahora o nunca, pensaba Fede, ahora se lo digo, ahora se lo digo, ahora...

–¿Podemos hablar? –¡ya estaba!

Leticia se encogió de hombros.

–¿De?...

No era la respuesta que Fede esperaba. Eso lo volvía al punto de partida.

–Te quería decir algo... –balbuceó.

–¿Sobre?...

¡Otra vez! Fede tragó saliva.

–No... nada... Bueno... sí... En realidad... Es que... –tomó aire –Vos me gustás ¿sabés?...

¡Salió! ¿Qué iba a contestar Leticia?

–Gracias –contestó. No era mucho.

–No... lo que te quería decir... bah... preguntar. Lo que te quería preguntar, es sí... bueno... si vos... eh... Si querés salir conmigo...

Fede sentía cómo le latía el corazón en las orejas (que de paso le hervían), en los pies, en el estómago. Tenía la boca seca y las manos mojadas y se agarraba fuerte de la cadena de la hamaca para no temblar. El instante que pasó hasta que Leticia abrió la boca, le pareció eterno.

–Bueno... así... No sé... –se rió Leticia y volvió a enroscar la tirita de la remera, mientras movía los pies para atrás y para adelante.

No lo miraba, miraba la tirita y Fede no podía entender como era que estaba tan tranquila.

–Vos también me gustás –dijo Leticia por fin.

Federico respiró. ¿Qué venía ahora?...

–La paso re-bien con vos –remarcó, por si no había quedado claro.

–Yo también. Sos re-simpático. Sos copado. No pensaba que eras así.

Vamos bien, pensó Fede.

–¿Así como?...

–Así... tan divertido... qué sé yo...

Bueno, todo muy lindo pero Fede esperaba una respuesta y Leticia no se la daba.

–Yo tampoco pensaba que eras así. Digo... pensaba que no le dabas bola a nadie...

—¿Por?...

—No sé... Me parecía...

—Es que soy tímida –comentó Leticia.

—¡¿Tímida?! –se sorprendió sinceramente Federico.

—¿Por qué?... ¿No parezco?...

—Para nada.

—Bueno... ahora menos... Pero cuando era chica era super tímida. ¡Qué garrón!

Leticia tiró la cabeza para atrás y un mechón de pelo le tapó el ojo. Federico estiró la mano y se lo acomodó detrás de la oreja. Leticia sonrió.

—Cuando te reís se te hacen dos hoyitos... –dijo.

—Si, los odio –contestó Leticia tratando de ponerse seria –En el jardín me decían boca de pato.

Federico largó una carcajada. Era verdad... tenía boca de pato... ¡pero tan linda!

—¿Viste?... Vos también te reís.

—Es que es gracioso... Pero no tenés boca de pato. A mí me gustan los hoyitos.

—Son horribles.

Leticia frunció los labios poniendo trompa para

que desaparecieran los benditos hoyitos y entonces Fede, temblando, se acercó y la besó.

Leticia volvió a sonreír, pero de pronto se puso seria.

–¿Pasa algo?... –preguntó Fede dándose cuenta del cambio de actitud.

–Es que... bueno... no sé... No estoy muy segura ¿entendés?

–Sí –dijo Fede que no entendía nada.

–Lo tengo que pensar. No sé... estoy como confundida.

–¿Por?...

–Es que no sé... ¡Ojo! que vos me caés re-bien. No es eso.

–¿Entonces qué es?... –Fede podía sentir que por momentos la sangre se le iba a los pies y por otros se le subía a la cara y una bronca rara le hacía un nudo en la garganta.

–Es que... vos para mí siempre fuiste un amigo ¿entendés?...

Fede la miró con una mueca.

–Digo... –trató de explicarse Leticia –que me copa que vengas a casa y charlar y estar acá... pero...

–hizo un silencio y pensó –¡Ay, no sé! Estoy super confundida.

Federico no sabía qué decir.

–¿Te enojaste?... –preguntó Leticia.

–No... para nada... –¡Sí, para mucho!, pensó Fede–. Te entiendo perfectamente. A mí me pasa un poco lo mismo ¿sabés? –¡lo mismo ni ahí! –reflexionó Fede

–¿Viste?... Es raro... Nos conocemos hace tanto tiempo...

–¡Puf!...

–Mirá... necesito pensarlo. ¿Te puedo contestar en unos días?... ¿No te importa?

–Para nada –cancheró Fede.

Se quedaron callados. Las hamacas se mecían apenas. Ya no había mucho que decir.

–Mejor vamos –dijo Leticia–. Mi vieja está por llegar y se va a poner loca si no me encuentra en casa.

–Sí. Vamos.

Federico quería desaparecer de ese lugar en ese mismo instante y al mismo tiempo no quería irse nunca.

Leticia se sacudió la tierra de la hamaca y después le sacó a Fede una ramita que le había caído en el pelo. Se la mostró sonriendo y le revolvió el pelo.

–Suerte que no era un árbol –comentó Fede tratando de parecer gracioso. –¿Quién podía estar gracioso en ese momento?–.

Leticia miró la ramita.

–Me la guardo de recuerdo –dijo.

Fede se encogió de hombros, como si no le importara.

Caminaron rápido las dos cuadras que faltaban, un poco porque era tarde y otro poco porque la situación era incómoda. Fede no se animó a ponerle la mano en el hombro otra vez. Entraron al edificio. En el ascensor Fede preguntó:

–¿Querés que venga mañana a explicarte?

Leticia frunció la boca

–Mejor no –dijo–. Prefiero que no nos veamos para poder pensar más tranquila.

–Sí, claro...

El ascensor llegó al piso de Leticia. Fede abrió la puerta y la dejó pasar. Antes de salir, Leticia se dio vuelta y le dio un beso en la mejilla.

–Gracias por el helado –dijo sonriendo.

Fede no supo qué decir. Sonrió, se encogió de hombros y le hizo chau con la mano.

Leticia salió y desapareció. El ascensor siguió subiendo.

Capítulo 12

Fabián no sabía muy bien qué le convenía hacer. Ni siquiera sabía qué quería hacer. Estaba enojado con Federico porque no le había contado lo de Leticia y también, porque lo había dejado plantado con las chicas. Llegar a la escuela y encararlo de una, no le parecía buena idea. Ya lo conocía a Fede, lo iba a verduguear, se iba a reír de él y encima, se iba a poner a contar sus hazañas con esa tarada, a la que Fabián no se bancaba ni en fotos. Hacer de cuenta que no había pasado nada tal vez fuera lo mejor, pero no estaba de humor para fingir y de todas formas, iba a tener que escuchar la historia de Leticia. Podía ir y contarle la pelea con las chicas y tratar de conseguir que Fede se pusiera de su lado, pero ¿para qué?...

¿Y con Paula qué hacía?... Era claro que ella estaba de acuerdo con Graciela. No era tan tarado como para ir al pie y pedirle disculpas o algo así. Que viniera ella si quería. Además, la condición para amigarse con Paula era aceptar lo que quería Graciela y eso sí que no lo iba a hacer. ¡¿Por qué no habría faltado a la escuela?!

Paula le resolvió el problema, porque cuando llegó le cortó el rostro. No se acercó ni a saludarlo. Se quedó hablando con las chicas hasta que llegó Graciela y después, como siempre, se cortaron solas a charlar en algún rincón del patio.

Fabián se sintió un estúpido. ¿Qué hacía ahí, solo, sentado en la escalera?... Tenía que demostrarle que no le importaba nada y que la estaba pasando joya. Sí, mejor ir con los pibes a jugar el picadito con pelota de media... si lo dejaban.

Estaba en ese trámite, de negociar que lo aceptaran por lo menos como arquero, cuando llegó Fede corriendo y lo sacó de la cancha.

—Enano... ¡no sabés! —le dijo más que entusiasmado.

Ni sabía ni quería saber. O mejor dicho... sí sabía. Todo el mundo sabía.

—Después me contás. Estoy jugando —dijo cortante y se zafó para integrarse al partido.

—¿Jugando? —se sorprendió Federico—. ¿De qué hacés?... ¿de poste?...

Fede sabía bien que Fabián era un tronco con la pelota. Esa no se la creía nadie.

—No rompas ¿querés? —dijo Fabián y volvió al juego... o mejor dicho, a la discusión de si lo iban a dejar jugar.

Federico, molesto, dijo algo que Fabián no escuchó y lo dejó con su chifladura para ir a buscar a las chicas.

Pero la respuesta fue la misma. Le dijeron que no molestara, que estaban hablando y que con lo de la Foca no había pasado nada que a él pudiera interesarle.

Esto no lo sorprendió. Las chicas siempre hacían esas estupideces. Que se mueran. Se fue a molestar un rato a los chicos de quinto. No era un día para quedarse quieto.

Cuando tocó el timbre, Miriam se dio cuenta de que en la fila, en vez de estar los cuatro juntos como siempre, estaba cada uno por su lado.

—¿Qué pasó?... ¿Se pelearon?... —le preguntó a Paula por arriba del hombro.

Paula le pegó un codazo para sacársela de encima y no le contestó. Pero Miriam, lejos de enojarse, se sonrió. Ella los conocía bien. Ahí había habido una pelea y eso siempre era un buen motivo para que ella pudiera sacar ventaja.

La oportunidad se le presentó en bandeja.

En el tercer recreo, Paula y Graciela fueron al baño, como en todos los recreos. No iban porque tuvieran ganas, iban a charlar, a mirarse en el espejo, a arreglarse el delantal y a contarse todo lo que no podían contarse delante de los demás. El tema del día era, por supuesto, la estupidez de los chicos, mezclado con el taller de teatro que empezaba a la tarde y qué convenía hacer, si hablarles o no, si decirles o dejar de decirles.

Mientras Graciela se arreglaba las hebillas frente al espejo, Paula se metió en el baño, pero ni bien entró, entreabrió la puerta y sacó la cabeza.

–Gra... –llamó.

–Metele que va a tocar –comentó Graciela atenta al espejo.

–Gra... vení...

Graciela se dio vuelta y la vio ahí asomada.

–¿Querés papel? –dijo acercándose.

Paula negó con la cabeza.

–Me vino... –dijo, pálida.

–¡¿En serio?! –gritó Graciela. ¡Cómo hubiera querido que eso le pasara a ella!

–¡Pará nena! –le pidió Paula avergonzada–. ¿Querés que se entere todo el mundo?...

Graciela miró alrededor. Estaban solas en el baño.

–¿Qué hago?... –preguntó Paula aterrorizada.

–No sé... ¿tenés toallitas?...Te las voy a buscar.

Paula negó con la cabeza.

–¿Es mucho?... –volvió a preguntar Graciela.

–No... no sé... Estoy manchada...

–¿Pero se te nota?...

–Me parece que sí. No sé... Fijate.

Paula entreabrió la puerta y le dio la espalda para que Graciela pudiera ver.

–No, para nada. Podés salir tranquila.

–¿Estás loca? –dijo Paula asustada–. No puedo salir así... Se va a dar cuenta todo el mundo.

–Pero si no se nota...

–Pero va a seguir... ¿Qué hago, Gra?...

–Esperá. Le voy a pedir algo a la Foca.

–¡No! Se va a enterar todo el mundo...

–No seas tonta. ¿Te pensás que la Foca se va a parar en el frente gritando Paula está indispuesta?...

–No, nena. Pero por ahí se le ocurre pedir toallitas a todo el mundo... o habla en voz alta y la escuchan... No, no vayas.

–Pero no te podés...

El timbre sonó.

–¿Querés que llame a tu mamá?...

Paula dudó.

–Van a preguntar por qué no llamo yo... y se va a enterar todo el mundo igual.

–Bueno, Pau, pero no te podés quedar en el baño todo el día...

Paula estaba a punto de llorar.

–Escuchame. Salí, vamos a la dirección y llamamos a tu casa. Podés decir que no te sentís bien... Ahora está todo el mundo en clase.

Paula dudó. Tal vez fuera lo mejor. Salió del baño tironéandose la parte de atrás del delantal, pegada la espalda contra la pared, pero cuando fue a pasar por la puerta, Graciela la detuvo.

–Pau... –le dijo despacito –Se te manchó el delantal...

Instantáneamente, Paula se volvió a pegar contra la pared. Estaba toda colorada y se retorcía las manos, a punto de llorar.

–Bueno, pará... Voy a llamar a tu vieja.

–Igual... aunque venga mi vieja... ¿cómo salgo de acá con el delatal manchado?...

–Sacátelo –dijo Graciela.

–Sos tonta, nena... –Paula se levantó el delantal –Abajo tengo bermudas... Ni quiero saber cómo están.

–¿No tenés un buzo?... Te lo ponés en la cintura...

–Gra... hace como cuarenta grados ¿Para qué voy a traer un buzo?...

–Escuchame, Pau, algo tenemos que hacer. El timbre sonó hace un montón. Nos van a venir a buscar.

–Andá vos... Yo me quedo acá.

–¡No seas idiota, nena! Me van a preguntar.

Graciela pensó un minuto.

–Ya sé –dijo–. Sacate el delantal y lo lavamos.

Si está mojado no pasa nada.

–¿Y sale con agua?...

–Qué se yo. Nunca me indispuse. Pero con probar no perdemos nada.

–Van a creer que me hice pis.

–Inventamos cualquier cosa. Dale sacáte –la apuró Graciela.

Paula, poco convencida se sacó el delantal y metieron la mancha abajo del agua.

–Cuidado no lo mojes todo –pidió.

–¿Sabés qué?... Desde mañana voy a poner toallitas en la mochila. ¿Mirá si me pasa lo mismo?...

–Esto no sale –dijo Paula mirando decepcionada su delantal, ahora no sólo manchado sino también mojado.

–Refregalo un poco –aconsejó Graciela.

Paula empezó a refregar con furia.

–Dice la Foca que vayan al aula –la voz de Miriam les hizo pegar un salto.

–Ya va –contestó Graciela, mientras ambas trataban de tapar con el cuerpo lo que estaban haciendo.

Pero Miriam nunca se perdía nada.

–¿Qué te pasó? –Era obvio que Paula estaba sin delantal y más obvio que lo estaban lavando.

–Nada que a vos te importe –contestó Graciela.

Pero no había que ser muy vivo para darse cuenta.

–¡Te indispusiste! –gritó Miriam–. ¡Qué idiota, nena! ¿No venís preparada?

No le contestaron.

–Bueno, quédense tranquilas. Voy y le digo a la Foca lo que pasó, así no las reta. De paso, si querés te traigo la mochila ¿Tenés toallitas?

–No, pará Miriam... No le digas nada.

–Pero me va a preguntar.

–Decile que estoy vomitando.

–Sí claro, le digo que estás vomitando y que por eso te voy a llevar las toallitas... –se burló Miriam.

–No traje toallitas, así que no va a sospechar.

–¡Noooo! –dijo Miriam canchera.

–¿Te podés ir? –la echó Graciela. Ya bastante lío tenían con el guardapolvo.

Miriam no le contestó, pero la apartó de un empujón para ponerse al lado de Paula.

–Escuchame, Pauli, ¿querés que te preste?... Yo

siempre tengo en la mochila... –el tono era el más dulce del mundo, pero viniendo de Miriam, Paula dudó.

Miró a Graciela. Era una solución después de todo.

–Bueno. Mañana te la devuelvo.

–Ya vengo –dijo la gorda contenta de que la necesitaran para algo y salió corriendo.

–¡Miriam! –la frenó Paula–. No digas nada a nadie. Y que no te vean, por favor.

–Porsu... –contestó Miriam–. ¿No sabés con quién estás hablando?...

En cuanto Miriam desapareció, las chicas volvieron a dudar. Seguro que la gorda iba y lo bocinaba por todo el colegio. Siempre la habían tratado muy mal y esta iba a ser su venganza. ¡¿Cómo se les había ocurrido aceptar su ayuda?!

Pero Miriam volvió rápida y discreta.

–Acá tenés –dijo sacando una toallita que se había escondido en la media–. Me la metí en la media para que nadie la viera. No sospecharon nada.

–¿La Foca te preguntó algo?... –preguntó Paula mientras corría al baño.

—Pegala bien a la bombacha para que no se te corra —aconsejó Miriam, ignorando la pregunta y dispuesta a cumplir su papel de salvadora.

Paula no contestó.

—¿Qué le dijiste? —insistió Graciela.

—Que Paula estaba en el baño y que necesitaba papel.

—A los gritos, ya me imagino —desconfió Graciela.

—No, nena. No escuchó nadie. ¿Te creés que soy tonta?...

Graciela puso una cara que lo decía todo, pero Miriam la ignoró para dedicarse a su "protegida".

—¿Estás bien, Pauli?...

—Sí —contestó Paula.

—Si te duele mucho la panza, también tengo una de esas pastillas...

—No. No me duele. Ya está —dijo saliendo del baño.

—Bueno, ahora hay que llamar a tu mamá —siguió dirigiendo el operativo Miriam—. No podés entrar al grado con el delantal todo mojado.

—Ni pienso. Fijate si hay alguien en el pasillo —le

pidió a Graciela.

—Vos mejor volvé al aula, que yo la acompaño a la Dirección —ordenó Miriam.

—¡¿Por qué?!

Graciela no estaba dispuesta a dejarse mandar por la gorda.

—Porque si no la Foca se la va a agarrar con vos y vas a tener que dar explicaciones, nena.

—Lo mismo vos —trató de resistirse Graciela.

—No, porque yo ya le pedí permiso.

Graciela la miró a Paula. El argumento de Miriam era irrebatible. Paula se encogió de hombros.

—Mejor andá, Gra. Después te llamo.

—Esperen —las frenó Miriam—. Digamos todas lo mismo: que a Paula le dolía mucho la panza y que por eso la vinieron a buscar.

—Mejor la cabeza —pidió Paula—. Está más lejos.

Graciela volvió al aula y Paula, custodiada por Miriam, fue a la dirección, con el delantal empapado. Ni pensaba decirle a su mamá lo que le había pasado hasta que llegaran a casa. No quería que empezara a los gritos en el medio del patio.

Después de un rato, Miriam volvió al aula. Sin

decir una palabra, juntó sus útiles y se pasó al asiento junto a Graciela, que la miró sorprendida.

–Todo en orden –dijo por lo bajo.

Los chicos miraron. No entendían nada.

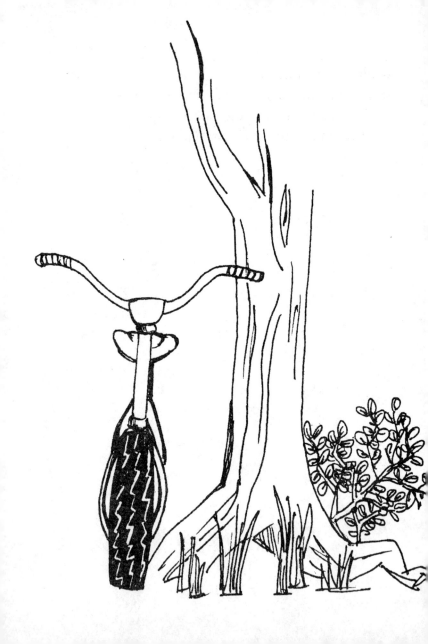

Capítulo 13

Cuando esa tarde, Federico lo llamó a Fabián para salir con la bici, Fabián le dijo que no y le metió cualquier excusa. Si no había sido capaz de contarle que estaba saliendo con Leticia, no tenía por qué venir a buscarlo ahora, sólo por que Leticia tenía algo que hacer y estaba colgado. O era su amigo, o no lo era, no tenía ganas de estar en el banco de suplentes.

Federico también se enojó. ¡Justo cuando necesitaba contarle lo que le había pasado, Fabián se hacía el tarado! No tenía ni idea de por qué se había enojado. ¿Sería por el asunto del llamado al sargento?... ¿Se habría puesto del lado de las chicas?... Fabián era tan pollerudo, que si él no lo frenaba, era capaz de hacer cualquier cosa que Paula le pidiera. Y seguro, seguro que esto era cosa de las chicas. Fabián era incapaz de dejarlo colgado. Pero bueno... si estaba dispuesto a dejarse manejar, allá él. Fede no pensaba entrar en esa. Era claro que sus amigos eran unos chiquilines, como decía Leticia. Cuando Fabián colgó el teléfono, se quedó pensando que estar peleado con Fede y con Paula al mismo tiempo era demasiado. Lo de Federico tenía sentido, pero lo de Paula... Después de todo, él había discutido con Graciela, no con ella.

Decidido, le dejó una nota a su mamá y se fue a buscarla para aclarar las cosas.

–No, Fabiancito, Paulita no está –le dijo la mamá cuando le abrió la puerta. –Se fueron a teatro.

–¿Al teatro?... –se sorprendió Fabián–. ¿Qué teatro?...

–A la clase de teatro... en el Misericordia.

Fabián no entendía nada. ¿Lo del Misericordia no era clase de danza?...

–¿No sabías?... Se anotaron con Graciela –dijo la mamá.

–No. No me dijeron nada –confesó Fabián. No era bueno que la mamá de Paula supiera que él estaba enterado del plan.

–¿Sabés qué pasa, Fabiancito?...

Fabián puso cara de "no, señora, cuénteme"...

–Que Paulita está creciendo mucho... Ya es toda una señorita ¿Me entendés?...

Fabián no entendía nada de nada.

–Quiero decir... Vos viste que las nenas crecen más rápido que los varones. No de altura –ahí la mamá se rió y Fabián hizo una sonrisa de compromiso–. Maduran más rápido, quiero decir.

–Ajá –comentó Fabián como si le estuvieran dando una clase de ciencias naturales.

–Por eso ella ahora está tan entusiasmada con la escuela nueva... piensa en el secundario... Hay cosas que ya... bueno... vos entendés... son cosas de chicos...

–Sí, claro...

¿De qué le estaba hablando?

–Quiero decir.... que ahora Paulita tiene otros intereses... y a lo mejor, sería bueno que vos también te empezaras a preparar para el secundario...

–Sí, por supuesto...

–Y bueno... Ya no van a tener tanto tiempo para verse ¿No te parece?...

–¡Aaahhhh! –dijo Fabián cayendo de la palmera.

–Ustedes van a tener nuevos compañeros... nuevos amigos... nuevos novios... –ahí se volvió a reír–. Porque así es la vida. Cuando uno crece, las cosas cambian...

–Sí, sí –dijo Fabián muy serio –Yo ya no juego más con los play mobil.

–¡¿Viste?! A vos también te pasa –la mamá de Paula estaba feliz de que la entendiera–. Y bueno... de a poquito, de a poquito, se van a ir separando...

–Sí, supongo que sí –dijo Fabián que ya estaba harto–. ¿Le dice que vine, por favor?...

–Quedate tranquilo que yo le aviso. ¡Y pensá en lo que hablamos! –le gritó antes de cerrar la puerta.

Fabián salió con la sensación de que la madre de Paula estaba cada día más chiflada.

En vez de ir a su casa, se fue a buscar a Paula a la salida del Misericordia. ¿Taller de teatro?... Seguro que la madre se había equivocado.

Pero no. Ni la mamá de Paula, ni las chicas, al elegir el taller de teatro, se habían equivocado. ¡Era divertidísimo!

El profesor, Rubén, era un tipo copado, que no paraba de hacer chistes, ni de reírse con lo que ellos hacían. Paula jamás había pensado que la vergüenza se le podía ir tan rápido. ¡Hasta se olvidó de que estaba indispuesta! Pensar que casi falta por eso. Le parecía que con sólo mirarla, todo el mundo se daba cuenta. Además podía volver a mancharse, además podía sentirse mal, además no iba a poder correr, ni saltar, ni sentarse en el piso... Sí, todo el mundo se iba a dar cuenta.

Graciela terminó convenciéndola con el argumento de que no podía dejarla sola y que por lo menos la acompañara para ver cómo era. Que si no quería actuar, seguro se iba a poder sentar en una silla a mirar y que no se olvidara que todo esto lo estaban haciendo para que ella no tuviera que ir al Misericordia.

Paula arrancó de mala gana, dispuesta a sentarse a mirar y nada más, pero ni bien llegó, se dio cuenta que de esa manera iba a llamar más la atención y capaz que le preguntaban por qué no hacía nada. Así que, cuando comenzó la clase, apretó los puños y se subió al escenario.

Al principio, sintió que todos la miraban y que lo que hacía estaba todo mal, pero el chico que actuaba con ellas, Nicolás, era tan divertido y la hacía reír tanto con sus ocurrencias, que al rato se olvidó de todo y sin saber cómo, ella también estaba actuando. Le había tocado hacer de una señora embarazada, con un almohadón en la panza y Nicolás era su marido que hacía un lío tras otro. El médico tampoco entendía nada y Graciela, la enfermera, menos. Todos corrían para que naciera el almohadón y Paula gritaba como una descosida. Tanto que se quedó afónica.

Todos le dijeron que había estado muy bien. Hasta Nicolás.

Salieron de la clase riéndose, comentando el momento mientras se pasaban los teléfonos para reunirse en la semana, porque Rubén les había pedido un trabajo.

Tan entretenidas estaban, que no vieron a Fabián hasta que lo tuvieron enfrente. Paula ni siquiera se acordó que no le había hablado en todo el día.

–¿No se iban a anotar en danza? –les preguntó mientras iban caminando, ya más tranquilo al ver que Paula no le había cortado el rostro.

–Sí, pero no había vacantes –contestó Graciela–. Tendrías que venir a teatro. ¡Está copado!

Paula y Graciela se miraron y se echaron a reír a carcajadas. Fabián se sintió totalmente descolgado... y tonto también.

—¿Qué es lo gracioso?... –preguntó.

—No, nada... la clase –dijo Paula y se volvieron a reír.

Fabián estaba cada vez más malhumorado.

—¿Averiguaron algo?... –preguntó.

—¿Algo de qué? –dijo Graciela.

—De lo que pasa en el Misericordia, nena. ¿O para qué vinieron?...

Las chicas se miraron con cara de culpa. Se habían olvidado por completo y al darse cuenta, se largaron a reír otra vez.

—Les hace bárbaro la clase de teatro. Estoy pensando en anotarme –comentó Fabián, ácido.

—No, disculpá. En realidad, la primera vez, mucho no podés saber ¿viste? –se justificó Graciela–. Necesitamos un poco de tiempo.

—Bueno, cuando averigüen algo, me avisan.

Fabián aprovechó la esquina para doblar e irse por otro camino y las chicas se quedaron mirándolo sin entender qué le había pasado.

—¿Se habrá enojado?... —preguntó Paula.

—Dejalo... Está hecho un tonto. Como Fede —dijo Graciela.

Y con eso dieron por terminado el tema y siguieron caminando, recordando cien veces más todas las cosas que habían pasado durante la clase.

Capítulo 14

Esta vez, Fabián lo pensó bien y al día siguiente faltó a la escuela. Tenía que hablar con Paula y con Federico. Se había peleado con los dos, pero ni él mismo sabía muy bien porqué. Y si les hablaba ¿qué iba a decirles?... Tal vez era mejor callarse la boca hasta que ellos vinieran a buscarlo. ¿Y si no venían?... Podía buscar la ayuda de Graciela... No, eso era una tontería. Graciela jamás iba a estar de su lado.

Como pasaba de una decisión a otra y todas le parecían buenas o todas le parecían pésimas, prefirió tomarse un día, para ver si se le aclaraban las ideas... y de paso esperar por si alguno de los dos lo llamaba, o se preocupaba por qué había faltado. Así que cuando esa mañana sonó el despertador, lo apagó y siguió durmiendo. Sus ventajas tenían las peleas.

—¿Qué le pasa a Fabián? –preguntó Fede, cuando vio que ya no iba a venir.

—Si no sabés vos... –contestó Paula, segura de que Federico estaba enterado de todo.

—No, nena. ¿Qué sé yo?... Ayer lo llamé para salir y dijo que no podía. ¿Vos lo viste?...

—Sí. Vino a buscarnos... –Paula se frenó. ¿Le decía lo del taller?

—¿Fue a buscarlas adónde?

—Al Misericordia –se animó Paula–. Ayer empezamos el taller de teatro.

Federico abrió la boca.

—¿Qué taller de teatro?...

—El del plan.

Estaba decididamente perdido.

—¿Qué plan?...

—¿Fabián no te contó? –ahora la sorprendida era Paula.

—No. ¿De qué plan me hablás?

—¡Ay, no sé, nene! Preguntale a Fabián. ¿Es tu amigo, no?...

Paula estaba segura de que Fede estaba enterado de todo y sólo le estaba preguntando para sacarle algún dato que después pudiera contarle a Fabián. No iba a caer en esa trampa.

Pero Fede, claro, no sabía nada y tampoco se pudo enterar porque en ese momento apareció Miriam, que venía sonriente... ¡y cariñosa!

–¿Cómo estás Pauli?... "¿Todo bien?" –remarcó con complicidad.

–Paula le contestó con un codazo para que se callara.

–Hasta que llegaste vos estábamos bárbaro, gorda. Ahora hay un olor... –la gastó Fede, como siempre, apantallando el aire alrededor.

–¡Siempre tan tarado! –dijo Miriam; y agarrando a Paula del brazo, se la llevó lejos de Fede, a través del patio, como si fueran grandes amigas.

–Che, gorda... –dijo Paula con esfuerzo–, te quería dar las gracias por lo de ayer. La verdad que me salvaste.

Miriam la abrazó con fuerza.

–No fue nada –dijo–. Además... si vamos a ser compañeras en el Misericordia, es mejor que nos llevemos bien ¿no?...

Paula hizo fuerza para soltarse.

–Sí... claro.

–Te tengo que contar un secreto –le dijo Miriam de golpe, bajando la voz. Paula sabía que no iba a poder zafar.

–¿Un secreto?...

–Sobre la Foca. ¡No sabés lo que tengo!

Antes de que Paula pudiera decidir si le tenía que seguir la corriente a Miriam o no, llegó Graciela.

–¿Te podés ir?... Estoy hablando con Paula.

Así la recibió Miriam.

–¿Qué te pasa nena?–.

El pedido de Miriam era insólito. ¿Qué intentaba hacer?...

–Me pasa que Paula es mi amiga y vos no y tengo que contarle algo que no me interesa que vos sepas.

Graciela abrió la boca para contestar, pero Paula le ganó de mano.

–Pará gorda... Vos me ayudaste y yo ya te dí las gracias. Pero Graciela es mi amiga, así que si querés contar algo, nos contás a las dos y si no, te lo podés guardar.

Hasta Graciela se sorprendió de esta reacción de Paula.

—Ya escuchaste —dijo para apoyarla.

Miriam dudó. Graciela era una antipática, pero si quería ser amiga de Paula, iba a tener que aceptarla, al menos por un tiempo. No le quedaba otra.

—Está bien. Pero lo único que les pido es que no se lo cuenten a los chicos.

—Por mí... —dijo Graciela encogiéndose de hombros.

No estaba muy interesada en saber el secreto de Miriam, pero tampoco iba a dejar que la echara como se le diera la gana.

—¿Y vos Pauli?... ¿No vas a decirle al tarado ese de tu novio?

—Estamos peleados —dijo Paula.

—¿En serio? —Miriam fingió una gran preocupación—. Hiciste bien. Yo siempre dije que era un tarado.

Miriam no podía estar más feliz. Todos peleados y las chicas con ella. ¡Vamos todavía! Inmediatamente pasó a lo que le interesaba.

—Miren —dijo sacando de la media, esta vez una carta.

—¿Y eso qué es?

A Graciela, el sobre no le parecía muy interesante.

—Se la afané a la Foca —dijo Miriam orgullosa.

—¿Pero vos estás loca, nena?... —se asustó Paula.

—No pasa nada —canchereó Miriam—. Como la Foca siempre me manda a buscar cosas al armario, puedo sacar lo que quiero. Después lo vuelvo a poner y listo. Nunca se entera.

—¿Es una carta de... del sargento? —preguntó Graciela que muy a pesar suyo, ya se había entusiasmado.

—Exacto. ¿Quieren leerla?...

—¿La leíste?... —Paula no lo podía creer.

—Más bien que la leí. Ustedes querían pruebas ¿no?... Bueno. Acá tienen.

Paula y Graciela se miraron. Odiaban que fuera Miriam la que tuviera la carta, pero se morían por saber qué decía.

—¿Quieren leerla o no? —las apuró.

—Mejor vamos al baño —dijo Paula—. Si la Foca nos agarra, nos mata.

Las tres corrieron al baño. Fede las miró pasar.

¿Qué hacían las chicas con la gorda?... ¡Lástima que no pudiera entrar al baño de mujeres para averiguarlo!

Ni bien llegaron, comprobaron que no había nadie y sacaron con cuidado la carta del sobre. Leyeron.

"Mi querida señorita "Elbira"..."

—Empezamos mal —dijo Graciela viendo la falta de ortografía.

—Sí. Es un bruto —se rió Miriam.

"No veo la hora de que llegue el 15 de noviembre para poder viajar a su "siudad"."

—A la Foca le va a dar un ataque ortográfico —se rió Graciela.

"Ya pedí la licencia en la comisaría y me la otorgaron por una semana. ¿No puede pedir licencia usted también, para que podamos estar más tiempo juntos?...

—¿Y?...¿Qué me dicen? ¿Son novios o no? —las desafió Miriam.

—Pará, gorda —dijo Graciela y siguió leyendo.

"Voy tachando los dias (sin acento) en un almanaque que tengo en mi armario. Espero que cuando yo "yegue", usted ya "halla" pensado su respuesta. "Save bien cual es mi "situasión" y yo fui muy "cincero".

—¿Cenicero? —preguntó Paula.

—Sincero, nena —aclaró Graciela.

"Ya sabe que no la puedo cambiar. De usted depende aceptarla. Yo respetaré su "desisión" y prometo, como caballero que soy, no "bolver" a molestarla si usted no "asepta". Me conformo con ver una vez más su linda sonrisa.".

—¡Linda sonrisa! ¡Con esos dientes que tiene! —se rió Graciela.

—Es que el tipo está enamorado. ¿No les dije? —aclaró Miriam.

"No quiero que me conteste la presente. Sea cual sea su "desisión", quiero escucharla de sus labios. La llamaré en cuanto ponga un pie en la gran urbe. Suyo. Beto".

—¿Y?...¿Qué me dicen ahora?... —dijo Miriam doblando la carta triunfalmente.

—¿Cómo sabés que Beto es el sargento Guayra?... —preguntó Graciela, que por supuesto, sí sabía que era él.

–Porque el sobre tiene el nombre, pibita –dijo Miriam dando vuelta el sobre para que Graciela leyera el remitente.

No había mucho para discutirle.

–Lo que no entiendo es esto que el tipo dice de su situación. ¿Qué situación?... –comentó Miriam pensativa.

Graciela y Paula se miraron. ¿Le decían la verdad?... Si le contaban lo que sabían, podían demostrarle que ellas también tenían datos del noviazgo. ¡Qué gusto darle esa sorpresa a la gorda, justo cuando creía que había descubierto la pólvora!

Miriam las miró desconfiada.

–¿Qué pasa? –dijo –Ustedes saben algo.

–Por supuesto –se agrandó Graciela –¿Te creés que sólo vos averiguás cosas?

–¿Qué saben? Cuenten.

–Es que no sé si podemos... –dijo Paula. A ella también le encantaba hacer sufrir a Miriam.

–No, paren. Eso no vale. Yo les mostré la carta ¿no?...

–Porque quisiste... –dijo Graciela.

–Nadie te lo pidió.

–No seas mentirosa. Ustedes me pidieron pruebas –protestó Miriam.

–Y la carta es una prueba. Está muy bien. Te felicito. Ganaste, gorda –dijo Graciela girando como para irse.

–No, paren... Me tienen que decir lo que saben...

Miriam no podía creer que esto, que había planeado como un triunfo magnífico, iba a terminar así.

–¿Por?...

–Bueno, porque sí. Porque yo les conté primero y porque no me guardé nada y porque... –las miró–. Ustedes están mintiendo. No saben nada. Ni siquiera hablaron por teléfono...

–Pensá lo que quieras.

Miriam las volvió a mirar, midiéndolas. ¿Sabían o no sabían?...

–Dale, Pauli... –atacó por el lado más débil–. Yo ayer te presté las toallitas... ¿No me vas a contar?...

Paula la miró a Graciela. No tenían nada que perder y a lo mejor, Miriam les servía para algo. Por lo pronto tenía acceso a la cartera de la Foca y ellas no.

–Okey, gorda. Te contamos. Pero nos tenés que

prometer, primero que no se lo decís a nadie...

–Prometido –dijo Miriam besándose los dedos en cruz.

–Después que nos vas a ayudar –siguió Graciela.

–Prometido.

–Y después, que vas a hacer exactamente todo lo que nosotras te digamos y nada por tu cuenta.

–Recontra prometido. ¿Qué es?

–Y que no nos vas a buchonear –agregó Paula, por las dudas.

–Está bien. ¿Qué es?

Graciela se puso seria.

–El sargento Guayra es casado.

Fue tal la desilusión de Miriam ante esa noticia, que ni siquiera pestañeó. Ella esperaba algo más truculento, o al menos, más interesante.

–Sí. ¿Y qué más? –preguntó.

–Nada más. ¿Te parece poco, nena?...

–No le veo la gracia –dijo Miriam.

–No tiene gracia, gorda. ¿No te das cuenta que la Foca se enamoró de un hombre casado y no lo sabe? –le aclaró Paula–. ¿No te da lástima?...

Miriam reflexionó.

–Entonces se tiene que enterar –dijo con toda lógica.

–Te felicito, gorda. Sos reviva. ¿Se lo vas a ir a decir vos?...

–No, tarada. Ella no sabe que yo sé lo del sargento. ¡¿Cómo le voy a ir a decir?! Digo que se tiene que enterar de alguna forma... ¡Le podemos mandar un anónimo!

–Eso no sirve. Lo va a tirar a la basura. Va a pensar que es una joda...

–¿Si la llamamos por teléfono?...

Graciela y Paula sólo la miraron: era una pésima idea.

–¿Y ustedes cómo lo saben?

Ante tanta negativa, Miriam empezó a sospechar que le estaban tomando el pelo.

Entonces Paula y Graciela le contaron con lujo de detalles las conversaciones telefónicas y era claro que la carta del sargento confirmaba las sospechas con eso de "su situación".

Miriam empezó a entusiasmarse con la idea de ayudar a la Foca, tanto como ellas. Tal vez mucho más, porque era la primera vez que compartía un secreto con Paula y con Graciela.

El timbre interrumpió la charla. Ya estaba hecho. Le habían contado todo. ¿Habrían hecho bien?...

Miriam salió corriendo del baño. Tenía que devolver la carta a su lugar, antes de que la Foca se diera cuenta de que no la tenía.

Las tres se juntaron uno tras otro, todos los recreos, para sorpresa y disgusto de Federico, que ni siquiera sospechaba que tenían tanto que hablar. Cuando se fueron de la escuela, ya sabían lo que iban a hacer.

Capítulo 15

El día de descanso había sido muy positivo para Fabián. Parecía que las ideas se le habían aclarado y se había dado cuenta que no tenía ningún sentido seguir en esa postura de hacerse el ofendido. Sobre todo porque se había aburrido mortalmente. Seguramente, las cosas no eran tan graves y con hablar un poco con cada uno, enseguida quedarían resueltas.

A las cinco, se fue para la casa de Paula. Mejor empezar con ella. Estaba seguro de encontrarla, hoy no era jueves, así que no tendría teatro, no había trabajos para preparar y sí, una prueba para mañana. Posta que Paula estaba estudiando.

Pero otra vez se equivocó.

—¿Paulita?... —¡otra vez la madre!—. No, no está... Se fue a estudiar a la casa de Miriam...

Fabián casi se cae sentado.

—¿A lo de Miriam?... —preguntó más que sorprendido–. ¿Está segura?...

–Segurísima –sonrió la mamá–. ¿Te acordás lo que te decía yo el otro día?... Paulita está cambiando mucho...

–Ni me lo diga... –comentó Fabián en un sentido muy distinto.

–¡Pensar que con Miriam se llevaban tan mal y ahora son tan amigas!...

Fabián tragó saliva. Ni palabras para contestar tenía.

–Y me alegro –siguió la madre de Paula–. Porque van a ser compañeras en el Misericordia. ¿Sabías que Miriam también va a ir al Misericordia, no?..

–Sí, sí. Ya sabía. Bueno... en ese caso... –mejor cortar la charla cuanto antes–. ¿Le puede decir que vine?...

–Por supuesto, querido...

–Mejor dígale que me llame cuando llegue.

–Está bien. Yo le digo. ¿Es por la prueba de mañana?...

Fabián la miró sin poder creerlo. ¡Pero qué mujer tonta!

–Sí –mintió–. Es por la prueba de mañana.

Se fue de la casa de Paula decepcionado. Que Paula no estuviera, vaya y pase... ¡pero en lo de Miriam!... La reconciliación parecía cada vez más difícil. ¿Y si Paula quería integrarla al grupo?... No. Debía haber un error. Seguro que Paula había mentido. No podía estar estudiando con la gorda.

Fabián tenía razón, porque estudiando no estaba, pero en la casa de Miriam, sí. Habían pensado un plan y se habían reunido ahí para ponerlo en práctica.

La idea del anónimo era mala, pero la de la carta podía funcionar. ¿Y quién mejor para mandarle una carta a la Foca que la mismísma señora Guayra?... No importaba mucho lo que la carta dijera, lo único que interesaba era que la Foca supiera que la tal señora Guayra existía. Entonces, seguramente se iba a enojar con el sargento por haberla engañado y el sargento, a lo mejor, si estaba muy enamorado de la Foca, se separaba y se terminaba casando con ella. El plan les parecía perfecto. El sargento nunca iba a preguntarle a su mujer si ella había escrito una carta. ¡No se iba a quemar así! Nadie podría averiguar la verdad.

Para no deschavarse con la letra, que la Foca conocía muy bien, decidieron escribirla a máquina, después de mucho discutir si el sargento Guayra tendría o no computadora.

Miriam las llevó al escritorio de su papá. Ahí había una vieja máquina de escribir que ya nadie usaba y que la verdad, ellas tampoco sabían manejar muy bien.

Miriam se sentó frente a la máquina. Tiraron varios papeles hasta que pudieron poner la hoja para que escribiera derecho. Era un lío, porque había que encontrar cada letra antes de escribirla y hacer un montón de fuerza para que se marque.

–¿Cómo escribía la gente con esto? –preguntó Graciela con cara de asco–. Tenía que ser un garrón.

–Encima no te podés equivocar, porque no borra –dijo Paula.

–Ustedes déjenme a mí, que yo sé como usarla –las tranquilizó Miriam, e inmediatamente escribió: Qu...

–¡Querida no! –la frenó Graciela–. Es muy... no sé... ¡Ni la conoce!

Tiraron la hoja.

"Estimada Señorita Elvira", les pareció mejor. "Desde estas hermosas sierras..."

–¿Hay sierras ahí? –dudó Paula.

–Sí, nena ¿ya te olvidaste? –le contestó Miriam, encantada con la frase que se le había ocurrido.

–Por ahí vive en otro lado.

–No, el remitente decía La Falda y en La Falda hay sierras por todos lados.

–Dale, seguí –apuró Graciela.

"Desde estas hermosas sierras, le escribo la presente, para..."

–¿Para qué? –preguntó Miriam.

–Para decirle que mi marido está casado conmigo –dijo Paula.

–Bestia! No podemos ser tan directas...

–Hablemos del sargento –sugirió Graciela.

"Para decirle que Beto, está muy bien...", siguió escribiendo Miriam.

–¿Y con eso qué hacemos?–. Graciela no estaba muy convencida.

–Da lo mismo. Lo único importante es la firma –le contestó Miriam, concentrada en el teclado.

–Es cierto. Ponele que ella también está muy bien.

"Y que yo también estoy muy bien..."

–Y que se van a ir de vacaciones juntos, dale –se le ocurrió a Paula.

"... y que nos vamos a ir de vacaciones juntos... un día de estos"

–¿Así? –quiso saber Miriam.

–Perfecto, dijo Graciela–. Es como decirle sutilmente que no se meta más.

"... a Europa...", agregó Miriam.

–¡No, bestia! Es demasiado. A algún lugar más cerca.

Tuvieron que sacar la hoja y volver a escribir todo otra vez. "... a Mar del Plata", quedó.

–¡Ponele que el 15 de noviembre! –se le ocurrió a Graciela–. La Foca ya sabe que el sargento tiene vacaciones en esa fecha.

–¡Genial! –aprobó Miriam, escribiendo todo lo rápido que podía.

–Cuidado, no te equivoques...

De pronto Miriam se detuvo.

–¡Paren! –gritó–. Tengo una idea buenísima. Le

ponemos que Beto, como se va de vacaciones no puede venir a Buenos Aires...

–¿Y cuando venga, qué? –dudó Paula.

–¡No va a venir, nena! Después de recibir esta carta, la Foca lo manda al diablo. ¿Para qué va a venir?...

Graciela se quedó callada y pensativa.

–¿Qué te pasa? –preguntó Miriam– ¿No estás de acuerdo?...

–Es que no sé si estamos haciendo bien...

–¡Ufa, nena! ¡No te vas a achicar ahora!

–Es que mirá si la Foca ya lo sabe y no le importa y le arruinamos la vida... –insistió Graciela.

–¡No seas trágica! Nadie le va a arruinar la vida. Además, ese tipo es un guacho que la engañó. ¿La estamos ayudando o no la estamos ayudando?...

–A lo mejor Graciela tiene razón –se sumó Paula, que para echarse atrás era mandada a hacer.

Miriam las miró.

–Escúchenme –les dijo–. Nosotros no le estamos arruinando la vida a nadie, ni le estamos diciendo a la Foca que tiene que hacer, ¡ni siquiera le vamos a ir con un chisme! ¿O no?

–¿Y qué es esto? –preguntó Paula.

–Es... –dudó Miriam–. Un aviso. Ahí está. Le avisamos y que ella haga lo que quiera. Eso no puede estar mal.

–No... yo que sé... –dijo Graciela no muy convencida.

–Además... lo estamos haciendo con buena intención y la intención es lo que vale... –agregó Miriam.

–Sí... que sé yo... –volvió a repetir Graciela.

–Mirá si ahora no mandamos la carta y después vemos que la Foca está deprimida porque el tipo la engañó... ¿Saben cómo nos vamos a sentir?... ¿Saben el cargo de conciencia que vamos a tener?...

–Sí... eso es cierto –pensó Graciela–. Bueno, dale, terminá.

–Mientras no nos descubran... –suspiró Paula.

"Beto me pide que le diga, que no va a poder ir a Buenos Aires.

–Que lo disculpe, agregá –dijo Graciela como para suavizar un poco la cosa.

–Miriam escribió.

–¿Qué le pongo... "saludos"?...

Las tres se miraron. No podía mandarle besos, ni abrazos, mucho menos decirle que la quería mucho. Paula se acordó de las cartas que les habían hecho escribir en lengua el año pasado.

–¡Saluda a usted muy atentamente! –dijo.

Y así quedó. "Saluda a usted muy atentamente. Señora de Guayra". Por supuesto no sabían el nombre.

Una vez escrito el sobre, que fue mucho más difícil de acomodar en la máquina que el papel, sólo quedaba hacerle llegar la carta a la Foca y de eso, por supuesto, se iba a ocupar Miriam al día siguiente.

Capítulo 16

Esa misma tarde, frustrado su intento de encontrar a Paula, Fabián se fue a buscar a Federico, seguro de que tampoco estaría en su casa.

Pero otra vez se equivocó. Federico estaba, aunque de pésimo humor.

—Ah... ¿qué hacés? —lo recibió sin ninguna alegría, al comprobar que era él quien había tocado el timbre y no Leticia.

—Pasaba... —contestó Fabián, tratando de que le saliera natural.

—Ah... bueno —comentó Fede y se tiró en el sofá, como lo hacía habitualmente cuando estaban juntos. Pero esa tarde, en vez de bromas, almohadonazos o novedades, hubo un silencio más que incómodo.

—¿Estudiaste para la prueba? —preguntó Fabián por decir algo.

—No. ¿vos?

–Tampoco.

Fabián esperaba que Federico le preguntara porqué había faltado al colegio y Federico esperaba que
se lo contara, así que ninguno de los dos habló del
tema y se volvió a producir un silencio.

–Pasé por lo de Paula y la vieja me dijo que se
había ido a estudiar a lo de la gorda.

Fabián esperaba una reacción de Fede, de asombro, de enojo, de risa, de algo... Pero Fede dijo:
Puede ser.

–¿Cómo que puede ser?... ¿No te parece raro?

–No –dijo Fede re-superado–. Esta mañana estuvieron todo el tiempo juntas. Serán amigas...

Fabián se acomodó en el asiento, nervioso.

–¡¿Y tan tranquilo me lo decís?!...

Federico lo miró.

–Mirá, enano... ¿Sabés qué pasa?... No sé si tengo
muchas ganas de seguir siendo amigo de las chicas...

–Están medio tontas, es cierto, pero...

–No. No es eso. Es que me di cuenta que son
muy pendejas... Están en la pavada... Toda esa historia de la Foca y el sargento... Qué se yo... Yo ya no
me banco esas cosas...

–La verdad es que yo mucho tampoco. El otro día tuvimos un bardo por eso –tuvo que admitir Fabián.

–¿Ves?... ¿Ves lo que te digo?... Yo no sé como hacés para salir con una mina como Paula. Siempre tiene miedo, siempre anda lloriqueando, se ahoga en un vaso de agua por cualquier cosa.

Fabián se quedó callado. Tal vez en otro momento, hubiera salido a defender a Paula, pero hoy no era el día adecuado y además ¿por qué Federico tenía que hablarle con ese aire de superioridad?... ¿Él no había sido hasta ahora amigo de Paula, acaso?...

–Yo te digo –siguió Fede ante el silencio–, cuando vos conocés una mina un poco más grande, ahí te empezás a dar cuenta.

Fabián se puso rojo de bronca. ¡Ya había tocado el punto!

–¿Vos lo decís por Leticia?... –preguntó.

–Por ejemplo. Ahí tenés. Esa mina es otra cosa...

–Prefiero que no hablemos de Leticia –dijo cortante.

Federico lo miró asombrado.

—¿Por qué? ¿Qué te pasa con Leticia?...

—Nada. Pero no quiero hablar.

Federico explotó.

—¿Ves?.. Eso es lo que me pudre de vos, chabón. Te quiero contar algo importante que me está pasando y no me das ni bola. No querés hablar. ¿Para qué sos mi amigo, entonces?

Fabián también estaba furioso y no se quedó atrás.

—¡¿Amigo?! Yo creo que un amigo es otra cosa. Eso es lo que pasa —le dijo—. Yo creo que un amigo no es alguien que vos llamás cuando no tenés nada mejor que hacer y después lo dejás tirado por ahí cuando te viene bien. Yo creo que un amigo es para compartir las cosas, no para que se entere porque otros le cuentan.

—¿De qué estás hablando? ¡¿Si siempre que te quiero contar algo, no querés escuchar?!

—¡¿Yo no quiero escuchar?! —dijo Fabián—.

—Más bien... ¿No dijiste recién que no querías hablar de Leticia?

—¿Y eso qué tiene que ver?...

—¡No, nada! ¡No tiene nada que ver! ¿Por qué no

me hacés una lista de temas que tengas ganas de escuchar?

Fabián se levantó de un salto.

—¿Sabés qué?... No tengo ganas de escuchar nada que venga de vos. Ni un solo tema. Así que no te preocupes.

Fue directo hacia la puerta y la abrió.

—¡Entonces no vengas a lloriquear que no te cuento las cosas! —alcanzó a gritarle Fede antes de que Fabián diera un portazo.

Se detuvo en el pasillo. Tenía los puños apretados de bronca y hasta ganas de llorar, cosa que no pensaba hacer. Bajó por la escalera y no paró de correr hasta que llegó a su casa.

Ojalá las clases terminaran mañana mismo y no tuviera que verle la cara a nadie, nunca más en la vida... Pero mañana, ni siquiera iba a poder faltar a la escuela.

Capítulo 17

Aunque Fabián tenía ganas de cambiarse de banco, pensó que lo mejor era quedarse donde estaba. Si el resto de los compañeros empezaban a preguntar qué había pasado entre ellos, iba a tener que dar demasiadas explicaciones.

Federico, en cambio, ni pensaba moverse de su lugar. Que se fuera Fabián si quería; después de todo, el ofendido era él. Por otro lado, si estar peleado con su mejor amigo lo preocupaba, mucho más preocupado estaba porque Leticia todavía no le había contestado y eso, no se resolvía cambiándose de banco.

Estuvo toda la mañana distraído, tratando de decidir si esa tarde iba a ir a ver a Leticia, o si seguía esperando. Fabián había pasado a segundo plano, aunque cada vez que lo miraba, de reojo, claro, le daba bronca no poder contarle lo que le estaba pasando.

Fabián, mientras tanto, tenía otra preocupación: hablar con Paula, averiguar qué le pasaba, averiguar qué hacía con Miriam, si es que hacía algo y... bueno, ya vería como venían las cosas. Tal vez pudieran amigarse. Aunque en el fondo, Federico tenía un poco de razón. Le costaba reconocerlo, pero ¿no estaban muy tontas las chicas?...

De todas sus dudas, hubo una que pudo resolver en seguida: Paula, Graciela y Miriam se traían algo entre manos, porque se la pasaron cuchicheando toda la primera hora. ¿Tan amigas se habían hecho?

En el primer recreo encaró a Paula, cuando estaba saliendo del aula.

—Esperá —le dijo agarrándola del brazo —Tengo que hablar con vos.

—¿Sobre?... —preguntó Paula mirando alternativamente a su brazo, a Graciela y a Miriam, que habían salido al patio.

Fabián dudó. A lo mejor era bueno dar un rodeo.

—Sobre Miriam —dijo—. ¿Se puede saber qué pasa con la gorda?

—¿Por?...

Paula se estaba haciendo la tonta, no cabía duda.

–Porque sí, nena. Porque están todo el tiempo juntas y tu vieja me dijo que ayer…

–¡Ah... por eso! –lo interrumpió Paula–. Fuimos a estudiar. ¿Está prohibido acaso?...

Fabián no esperaba esa respuesta. No supo qué contestar.

–Nadie dice que esté prohibido. Digo que la gorda es la gorda y de repente parece que son re-amigas...

–Sí, puede ser... Miriam está muy cambiada...

¡Y dale con ese asunto del cambio! Le pareció estar escuchando a la madre de Paula otra vez.

–¡Vamos, Pau!... Nadie cambia de un día para otro.

–¿Estás seguro?... –preguntó Paula mirándolo de arriba para abajo.

–¿Lo decís por mí?

–No sé. Pensá lo que quieras. Las chicas me están esperando.

Paula se fue corriendo detrás de las chicas y Fabián se quedó parado en el medio del aula sin saber qué hacer.

–¿Dónde te habías quedado? –le preguntó Graciela cuando la vio venir.

–Nada... Fabián... No importa. ¿Se la diste?... –le preguntó a Miriam.

La gorda sonrió satisfecha.

–Misión cumplida.

–¿Y qué dijo?...

–Gracias –contestó Miriam.

–¿Y la leyó?... Creo que sí. Al menos, se fue con la carta para adentro y la iba abriendo.

–¿Al aula?...

–No. A la sala de maestros.

–Vamos para ver qué cara tiene cuando sale –propuso Graciela.

Corrieron a pararse junto a la puerta de la sala de maestros, tratando de disimular todo lo que pudieron.

Miriam, al salir al recreo, había dado un par de vueltas y se había acercado a la Foca con la carta en la mano.

–Seño... me parece que esto es para usted... –le dijo extendiéndole el sobre.

–¿Dónde la encontró? –preguntó la Foca extrañada.

–En el piso... al lado de la puerta de entrada... Se ve que Ramón no la vio... ¿Es para usted?... –preguntó haciéndose la tonta.

–Sí... sí... –dijo la Foca después de echarle una mirada al remitente–. Gracias.

Y ahí fue cuando se metió a la sala de maestros. Ahora las chicas la estaban esperando.

–¿Saben lo que me sorprendió? –dijo Miriam de repente–, que cuando vio el remitente, no se asombró, ni puso cara de nada. ¡Hasta me pareció que sonreía!

No dio para más comentarios, porque se abrió la puerta y apareció la Foca, guardando la carta en el bolsillo con un largo y sonoro suspiro... ¡pero ni pizca de preocupación!

–¿Qué hacen acá? Al aula vamos. ¿No escucharon el timbre?

Las chicas salieron corriendo. Cuanto más lejos, mejor.

Mientras copiaban el mapa del pizarrón, pudieron ver cómo la Foca volvía a sacar la carta y la releía. Volvió a sonreír, volvió a suspirar y moviendo la cabeza hacia uno y otro lado, guardó el sobre otra vez en el bolsillo.

Hasta ahí había llegado el plan y había salido perfecto. Entonces las chicas se dieron cuenta de que había algo que no habían calculado ¿Qué iba a pasar ahora?... ¿Cómo hacían para enterarse de la reacción de la Foca?... ¿Cómo sabían si había mandado al sargento al diablo o no, o si el sargento se iba a separar o cualquier cosa que pasara?...

La verdad es que no habían pensado en eso.

¡Ni llamando por teléfono a Córdoba se iban a poder enterar! Tampoco podían preguntarle a la Foca como andaba su vida sentimental, ni qué decía la carta, ni si la había recibido, porque era obvio que...

–¡La tengo, la tengo, la tengo! –empezó a gritar Miriam mientras giraba sobre sí misma en medio del patio.

–Pará nena, que va a venir todo el mundo a ver que te pasa... –le pidió Graciela.

–Escuchen ésta: llamamos a la Foca...

–Vos estás borracha –Graciela la cortó en seco.

–Pará, pará. Vas a ver. La llamamos y le hacemos creer que somos la señora Guayra.

–Las tres... –dijo Paula desconfiada.

–No, idiota. Una sola. Total ni le debe conocer la voz.

–Pero a nosotras sí, nena...

–La cambiamos... Eso es fácil... Yo lo hice un montón de veces...

Paula y Graciela se miraron. No tenían ninguna duda de que esa era una de las diversiones favoritas de la gorda.

–Bueno, ¿y?... ¿Para qué la llamamos?...

–¡Para preguntarle si recibió la carta! –dijo Miriam contentísima.

Paula y Graciela no parecían nada convencidas.

–Para eso la llamábamos directamente –dijo Graciela.

–No, tonta. Había que hablar mucho, además capaz que te contestaba, o le agarraba un ataque... Esto es más sencillo. Si la llamamos, podemos ver cómo reacciona, qué piensa... qué se yo...

–Me parece muy arriesgado –dudó Paula.

–No, nena. "Hola, recibió la carta?... Bueno, chau" ¿Qué riesgo hay?... ¿No ves lo tranquila que está?

Paula miró a Graciela que se encogió de hombros. No terminaban de decidirse, pero Miriam cortó por lo sano.

–Miren, yo pienso llamar igual, con ustedes o

sin ustedes, así que lo único que tienen que decidir, es si vienen o no.

–¡Pará nena! Ese no era el trato.

–¿Qué trato?... –atacó Miriam.

–Vos prometiste que no te ibas a cortar sola –le aclaró Graciela.

–¿Y si lo hago qué?... ¿Le vas a ir a contar a la Foca?...

Debían haberlo supuesto. Miriam no se iba a hacer la buenita por mucho tiempo. Ahora las tenía agarradas. Mejor estar con ella, por las dudas. Al menos así la podrían controlar. Apenas si habían dicho que sí, cuando apareció Fabián.

–Paula, quiero hablar con vos –le volvió a decir, esta vez más decidido.

–¿No ves que no puedo?...

–Bueno, después de la escuela.

–Tampoco puedo. Tengo que reunirme con mis compañeros de teatro.

Miriam paró la oreja y Paula se arrepintió de haberlo dicho.

–Entonces mañana –insistió Fabián.

–Tiene que venir a mi casa –contestó Miriam.

Eso hizo reaccionar a Paula. Una cosa era que

ella le cortara el rostro a Fabián y otra muy distinta que la gorda hablara por ella.

–¿Podés hoy a eso de las siete? –preguntó–. Nos podemos encontrar en la plaza, después de la reunión con los de teatro.

–Sí, claro... –Fabián dudó–. ¿Tu vieja te deja?

–Yo me arreglo.

Fabián dijo que estaba bien y se alejó de las chicas, pensando que a lo mejor, la madre tenía razón: Paula estaba cambiando.

Capítulo 18

Federico se había decidido. No iba a esperar más.

Cuando volvió de la escuela, fue derecho a la casa de Leticia (previo sacarse el delantal, claro). Ella lo recibió mordisqueando la birome.

—Estaba por ir a tu casa —le dijo sonriendo.

A Fede le dio un salto el corazón, pero Leticia aclaró:

—Me dieron unos ejercicios re-difíciles y no entiendo nada... ¡Qué bueno que viniste!

Si para algo había ido Fede, no era para resolver ejercicios matemáticos, pero ¿cómo negarse?

La siguió hasta su cuarto, se sentó en el conocido escritorio y trató de explicarle, con la mayor claridad que pudo, en un momento como ese.

—¡Sos un genio! —dijo Leticia cuando terminaron y se sentó en la cama.

¿Y ahora qué?... ¿Se tenía que ir?... ¿Se acordaría Leticia de lo que habían hablado, o suponía que sólo había venido para explicarle?

–Leti... –dijo nervioso–. El otro día...

–¿Qué día?...

¡Qué difícil era hablar con esa mina!

–El día que fuimos a tomar helados. ¿Te acordás?

–¡Ah... sí!... Sorry... Obvio que me acuerdo.

Ya era algo.

–Bueno... –siguió Fede–. ¿Te acordás que estuvimos hablando?...

–Sí, claro que me acuerdo. Hizo un silencio y siguió–. Mirá... Lo que pasa es que sigo como confundida...

Chau, se dijo Fede.

–Menos.

Fede la miró interrogante. ¿Qué era confundida menos?

–Lo estuve pensando pero...

–¿Lo querés seguir pensando? –Fede prefirió cortar por lo sano.

–No... No... Está bien.

–Entonces ya lo pensaste

Fede no pudo disimular su amargura.

–Sí... Ya te dije... Está bien –sonrió Leticia.

–Sí, ya sé que me dijiste que ya lo pensaste... Ya entendí.

–No, que está bien...

–¿Qué cosa está bien? –preguntó Fede desesperado porque no entendía nada.

–Que está bien... que bueno... que salgamos...

Fede estaba tan convencido de que le iba a decir que no, que le costó darse cuenta de lo que Leticia le decía.

–¿Que salgamos?... –preguntó para asegurarse.

–Sí... Que sé yo... Tipo que... probemos ¿viste?...

Si Federico hubiera sido un dibujo animado, podría haber visto como se le salía el corazón del pecho, golpeaba contra las paredes y volvía a entrar; pero como no lo era, lo único que pudo ver, es como le temblaban las piernas, aunque siguiera sentado en la silla.

Desde la cama, Leticia le tendió una mano que Federico agarró estirando su brazo. Leticia le sonreía, Fede también, mientras le giraba los anillos, que eran como cinco y sentía los fríos dedos de ella entre los suyos.

Leticia se estiró como para darle un beso y Fede

también se estiró, pero la silla estaba demasiado lejos de la cama para que pudieran alcanzarse.

Entonces ella trató de acercarlo pegando un tirón y Fede se fue de narices con silla y todo, para quedar aplanado contra el piso.

Leticia no podía parar de reírse. Tirada en la cama, pataleaba y se tapaba la cara con las manos y cada vez que lo miraba, se volvía a reír más fuerte.

Federico no podía creer que le estuviera pasando eso. Se sentía tan, pero tan, tan idiota, que no se animaba a pararse. ¡¿Justo en ese momento se tenía que caer!?

Leticia, tentada, se acercó para ayudarlo.

–Te... te... –la risa la frenaba–. ¿Te lastimaste?... Y se volvía a reír.

Fede, furioso, giró en el piso y extendió la mano para que ella lo ayudara a levantarse y en cuanto se la dio, pegó un tirón. Leticia perdió el equilibrio y cayó sobre él.

Entonces sí se rieron los dos y cuando se dieron cuenta, estaban abrazados y cuando volvieron a darse cuenta, Federico la había besado... Y era cierto, estaban saliendo.

Capítulo 19

Fabián miró el reloj. Las siete y media. Hacía media hora que estaba sentado en la plaza esperando a Paula. Cinco minutos más y me voy, pensó.

Paula, por lo general era puntual y además, era raro que se retrasara a esa hora, porque si había mentido en la casa, seguro que tenía que volver temprano. Eso quería decir que si todavía no había llegado, era porque no iba a venir.

Los cinco minutos se hicieron diez y no se decidía a irse. Por suerte, porque a las menos cuarto, la vio venir corriendo.

–Estaba por irme –dijo.

–Se me hizo tarde. Nos quedó una obra buenísima. Creo que va a ser la mejor –contestó Paula, poco preocupada por el reproche.

–¿Y vos actuás? –le preguntó Fabián incrédulo.

–Claro. ¿Por qué no?... No es tan difícil. Ade-

más los pibes son copados. Eso te ayuda mucho
–Paula ya era una experta.

Y aunque se agrandara con Fabián, lo que decía
era bastante cierto. En el grupo que habían formado
estaba Graciela; otra chica más grande, pero medio
tonta, según ellas, que se llamaba Lorena; Hernán,
"el médico" de la otra vez... y Nicolás... (con suspiro incluído).

Nicolás era el mejor, actuaba muy bien, siempre
hacía reír a todo el mundo y tenía pilas de ideas. Todo esto según Paula.

Cuando Graciela le preguntó si Nicolás le gustaba, Paula casi se la come. Dijo que para nada, que le
gustaba como actuaba, nada más y que además ella
todavía estaba de novia con Fabián.

–¿Qué quiere decir "todavía"? –quiso saber
Graciela.

–Nada. Es una forma de decir –contestó Paula y
dio por terminado el tema.

Por supuesto, todo eso no se lo contó a Fabián y
tampoco le dijo, que había llegado tarde porque se
había olvidado que se tenía que encontrar con él.
Graciela le tuvo que hacer acordar.

–Bueno, ¿qué me querías decir?... A las ocho tengo que estar en casa –lo apuró.

–Eso son diez minutos... –se quejó Fabián.

–Sí. Se me hizo tarde. ¿Qué me querías decir?...

Fabián tragó saliba.

–¿Por qué estás enojada conmigo?...

–¡¿Yo?! –se sorprendió Paula–. Yo no estoy enojada. Vos te fuiste de lo de Graciela dando un portazo, ¿o te olvidaste?...

–Vos te pusiste del lado de ella.

–¿Cómo sabés? ¡Si ni siquiera me preguntaste qué pensaba!

–¿Para qué te lo tengo que preguntar? Siempre estás del lado de Graciela... Y además, vos podés hablar por vos misma, ¿no?...

–Claro que puedo. Pero vos empezaste a gritar y te fuiste sin dejarme ni abrir la boca.

–Yo me pelee con Graciela. No con vos.

–No parece.

Los dos se quedaron callados. Fabián recordó la conversación con Federico: "yo no sé cómo podés seguir saliendo con esa piba"... Y Paula recordó la pregunta de Graciela "¿qué quiere decir todavía?"...

Pensó en Graciela y pensó en Nicolás... y miró a Fabián.

–No sé... –Fabián respondió a la mirada–. A lo mejor fui yo, pero vos me cortaste el rostro.

–¿Y qué querías que hiciera?

–No sé...

–Me tengo que ir –dijo Paula de repente–. Si mi vieja se entera que estoy acá con vos, me mata.

–¿Ves? –saltó Fabián–. Eso es lo que me pudre. Tu vieja, tu vieja... siempre tenés algún quilombo.

–¿Y qué querés?... ¿Que la mate?...

–No. Pero tenés doce ¿no?...

–Sí ¿y?...

–Que nada. Que parecés de cuarto... con esas cosas de no me dejan, no me dejan.

–¡Ay!... El superado... ¿Cuándo sacás el registro?...

–No digo eso, Pau... –aflojó Fabián–. Pero es un embole eso de tener que ir a tu casa, o que tengas que salir corriendo, o...

–Entonces, si es un embole no salgamos más juntos y listo. Para mí también es un embole –le contestó Paula a punto de llorar.

Fabián no dijo nada hasta después de un rato.

–Está bien.

Paula se estaba secando los ojos.

–¿Qué está bien? –dijo moqueando.

–Que no salgamos más juntos.

–Bueno.

Se quedaron callados. Paula lloriqueaba en silencio y Fabián clavaba los talones de las zapatillas en la tierra. Había venido a reconciliarse y resulta que estaban cortando. Últimamente todo le pasaba sin que él se diera cuenta cómo.

–Al menos por un tiempo –se echó atrás Paula.

–Para pensar –agregó Fabián.

Paula dijo que sí con la cabeza.

–Me tengo que ir –dijo parándose de golpe.

Fabián dijo que sí con la cabeza.

–Chau.

Le dio un beso en la mejilla y se fue corriendo.

Fabián se quedó ahí sentado, agrandando el pozo en la tierra con los talones y sin ver como Miriam, también se iba corriendo después de haber escuchado todo.

Capítulo 20

–¡¿Se pelearon para siempre?! –Graciela no lo podía creer. Paula le había pedido que llegara a la escuela temprano para contarle, sin anticiparle nada.

–No sé si para siempre –contestó Paula sin dejar de llorar–. Me parece que sí.

–¿Pero vos querías seguir?...

–No sé si quería seguir... En ese momento no...

–¿Y ahora?...

–No sé...

–¿Y él qué quiere?...

–No sé...

–¿Pero qué te dijo?

–No sé...

–¡¿Cómo que no sabés, Pau?!

–Bueno... que... que... estaba bien... para pensar... –Paula se largó a llorar más fuerte–. Me voy a morir...

Graciela la abrazó.

–Pará, Pau... Por ahí se arreglan...

–No... Yo sé que no... Se van a terminar las clases... y no lo voy a ver más... y voy a ir a la escuela de monjas... –y lloró más fuerte.

En ese momento se acercó Federico, que al entrar a la escuela, había visto que Paula estaba llorando y se había preocupado.

–¿Qué pasó?... –preguntó con toda inocencia.

–No vengas acá a hacerte el idiota, nene –así lo recibió Graciela.

–¡Pará un poquito! ¿Qué te pasa?

–Vos sabés muy bien lo que le pasa. No vengas a hacerte el sorprendido.

–¿Yo qué tengo que ver? –se defendió Fede.

–Que venís acá a hacerte el inocente y seguro que fuiste vos el que le dijo a Fabián que cortara con Paula. ¡Claro!... Como ahora vos salís con minas más grandes, están los dos agrandados...

–¿Quién te dijo que yo salgo con Leticia? –se pisó Fede, olvidándose por completo de Paula.

–No te hagas el tonto. Lo sabe todo el mundo.

Federico realmente se sorprendió. Lo de Leticia había pasado ayer... y él no se lo había contado a nadie...

–¿Lo vas a negar acaso?...

–No. No lo voy a negar, pero punto uno, yo a Fabián no le dije nada para que cortara con Paula, ni sabía nada de todo esto; punto dos, me metí con Leticia ayer, así que no creo que todo el mundo lo sepa; punto tres...

–Entonces uno de los dos miente –lo interrumpió Graciela–. Porque a mí Fabián me lo contó hace como una semana.

Fede se quedó mudo. ¿Hace una semana?... Esto tenía que aclararlo y no precisamente con Graciela. Pegó la vuelta y fue a encararlo a Fabián.

–¿Vos sos tarado o qué te pasa?... –le dijo agarrándolo del hombro y haciéndolo girar para que lo mirara.

–Pará, chabón. ¿De qué estás hablando?...

–Que andás desparramando chismes por ahí, que encima son mentira. ¿Cuál es? ¿Vos también te estás contagiando de la gorda?

–Vos estás pirado, pibe. ¿Qué chismes?

–Vos le dijiste a Graciela que yo salía con Leticia y es mentira.

–¡Sí, claro!... –se rió burlonamente Fabián–. Ahora me vas a decir que no salís con Leticia!

–No, no digo eso...

–¿Ves?...¿Y además qué tiene? Cuando yo se lo dije, ella ya lo sabía y vos... que decías que eras mi mejor amigo, no me habías contado nada y quedé como un imbécil.

–Lo dijiste perfecto. "Eras" mi mejor amigo, porque ahora te conozco bien. No sólo no sabés guardar un secreto, sino que además te mandás cualquiera para quedar bien con las chicas y que se arme bardo conmigo...

–¿Sabés qué? ¿Sabés qué? ¿Sabés qué? –Fabián parecía a punto de meterle una piña.

–¿Qué? –lo enfrentó Fede.

–Nada –dijo Fabián y se fue furioso.

Fede tiró la mochila que todavía llevaba en el hombro, contra el piso.

En ese momento, mal momento, se le acercó Miriam.

–¿Viste que Paula cortó con Fabián? –le dijo.

–¡Salí gorda! –le gritó Fede pegándole un empujón que la tiró sentada al piso.

Fin de la historia: Federico le tuvo que pedir disculpas a Miriam en la Dirección, nota a los padres y aguantarse la sonrisita de superioridad de Miriam cuando le dijo "te disculpo, pero me tenés que prometer que no me vas a empujar más". ¡Y tuvo que prometerlo!

Miriam no cabía en sí de felicidad. El grupo de los cuatro estaba destrozado. Fabián y Fede cada uno por su lado y las chicas... ¡con ella! Y esta vez sí, que ella no había hecho nada para lograrlo. Ellos se habían peleado solitos. Ya se sabía que en algún momento iba a pasar...

Salió radiante de la Dirección, para organizar con las chicas el encuentro de esa tarde.

Ahí se le acabó la felicidad. Las chicas también la sacaron corriendo, le dijeron que no querían saber nada más con ese asunto del sargento y que las dejara tranquilas.

Si estaban juntos se le tiraban en contra, ¿y si estaban separados también?... Algo tenía que hacer para que las chicas volvieran a confiar en ella.

Capítulo 21

Esa tarde, Paula llegó a la clase de teatro con los ojos colorados y sin ganas de actuar.

Nicolás se le acercó en cuanto la vio. Venía con un bolso cargado de cosas para usar en la escena que habían preparado y quería mostrárselas.

–¿Te pasa algo? –le preguntó cuando estuvo al lado y le vio la cara.

Paula sonrió sin ganas.

–Me pelee con mi novio –dijo.

Nicolás largó un silbido de admiración.

–¿Hace mucho que salían?

–Seis meses –contestó Paula.

–Es una bocha –comentó Nicolás–. ¿Cortaron para siempre?...

Paula se encogió de hombros.

–No lo sé... Creo que sí.

Nicolás se quedó sin mucho para decir, pero pegó un salto delante de Paula y abrió los brazos.

–Vamos a hacer magia –dijo– Yo hago así... –hizo unos pases con la mano por delante de Paula–.... y vos te olvidás de todos los quilombos ¿Qué tal?

Paula no pudo menos que reírse. ¡Lo que hacía era tan tonto y Nicolás era tan simpático!...

–¿Viste? –dijo Nicolás–. Ya te estás riendo. Soy un mago de primera.

Paula se volvió a reír y Nicolás dio vuelta el bolso en el suelo.

–Mirá lo que traje –dijo.

Fuera Nicolás mago o no, Paula se olvidó de Fabián a partir de ese momento y se puso con los demás a repasar la escena, que dicho sea de paso, les salió horrible.

Recién cuando volvió a su casa (Nicolás insistió en llevarla en bicicleta para asegurarse que llegara sana y salva, como él decía), volvió a pensar en Fabián. Estaba confundida y las orejas de Virus sufrían las consecuencias, porque se las retorcía cuando se ponía triste por Fabián y también se las retorcía cuando se ponía contenta por Nicolás. Virus salió corriendo antes de que Paula terminara de decidir como se sentía.

Fabián no la pasó tan bien. Estaba en el mismo punto que al principio, pero mucho peor. No sólo había cortado con Paula, sino que encima, ni siquiera se lo podía contar a Fede.

Otra vez tenía que hablar con los dos. Como antes, pero mucho peor que antes. Era una pesadilla. Prendió la compu. Al menos su computadora no hablaba y eso era toda una ventaja. Odio a los seres humanos, pensó mientras conectaba uno de sus últimos jueguitos.

Fede, mientras tanto, todavía cargando la mufa de la pelea y la bronca contra Miriam, fue a buscar a Leticia. Al menos con ella iba a poder hablar.

Pero ella, ni siquiera reparó en la cara de velorio que traía y le propuso alegremente salir a andar en bici. Federico no tenía nada de ganas de nada, por supuesto.

–Es que hoy tuve una pelea con Fabián –trató de explicarle.

–¿Qué Fabián?... ¿Ese compañero tuyo?...

–Sí.

Le parecía increíble que no conociera a Fabián, aunque eso fuera totalmente lógico. ¿Cómo iba a conocerlo si jamás lo había visto? A lo sumo, alguna vez se habían cruzado, pero Leticia no había reparado en él.

–Se calentó porque no le había contado nada, creo... Hace un pedazo que somos amigos... –quiso explicar Fede.

Pero Leticia se estiró sobre la silla y pegó un bostezo.

–¡No sabés lo que hizo la de historia! –exclamó de repente. Y sin ningún interés en la pelea de Fede, empezó a contar lo que había pasado en la escuela.

Fede se resignó. Después de todo... ¿A Leticia qué le importaba?... Si ni siquiera había mucho que contar...

Pero la anécdota de la de historia no era lo que se dice divertida. La verdad, es que esa tarde, no había nada que pudiera alegrarlo, ni los cuentos de Leticia, ni estar con ella y agarrarla de la mano, ni siquiera los besos. Bueno, un poco más, pero no tanto...

Federico no era el de siempre. No hacía bromas ni se reía, ni tenía ganas de reírse de nada. Fue una tarde aburrida para los dos.

Capítulo 22

Aunque había amenazado a las chicas, Miriam no se animó a llamar sola a la Foca. ¿Para qué? No era divertido.

Le importaba mucho más recuperar la confianza de las chicas, que resolver el problema de la maestra. El momento era ideal, porque ni Fede ni Fabián podían intervenir. Cuando estaban ellos, todo era más difícil. Ahora, no sólo habían salido de escena... Escena... Tal vez pudiera anotarse en el curso de teatro para estar cerca de Paula y de Graciela... Era una posibilidad.

Estuvo pensando en eso toda la noche, pero no terminaba de decidirse. Odiaba el teatro y estaba segura de que ahí todos se iban a reír de ella mucho más que en la escuela. Tal vez hubiera una solución mejor.

La suerte estaba con ella. A la mañana siguiente, cuando fue al armario a buscar las tizas, vio la cartera de la Foca. Sin buscar nada en especial, por hábito o por chusmerío, la abrió. Adentro había una carta. En un primer momento pensó que era la misma que ellas habían mandado, pero este sobre no estaba roto. Miriam la sacó con cuidado. ¡Estaba abierto! Eso era suerte. Leyó: Sra. de Guayra y el remitente...

¡La Foca! ¡La Foca había contestado la carta! No. Eso no era suerte.

Rápidamente se la guardó en la media. ¿Qué diría la carta?... Eso sí que ni lo habían pensado. ¿Qué iba a pasar ahora, cuando la mujer del sargento recibiera la respuesta a algo que nunca había escrito?... Seguro que no sabía nada de la existencia de la Foca... Seguro que la Foca la llenaba de insultos... Seguro que el sargento iba a tratar de descubrir quién había escrito la primera carta... y era policía... Miriam tembló.

Al pasar junto al banco de las chicas, cuando volvió a su lugar, le susurró a Graciela:

—Estamos en peligro.

Graciela resopló. Seguro que era otro invento de la gorda.

A Miriam no le importó, que resoplara todo lo que quisiera. Ya cuando le mostrara la carta iba a cambiar de opinión.

Antes de que el timbre del recreo dejara de sonar, Miriam ya había arrastrado a las chicas al baño.

–¡Se pudrió todo! –les dijo apenas entraron.

–¡Ay, gorda!... Cortala.. ¿Qué vas a inventar ahora?...

–Ningún invento –le contestó Miriam desafiante, mientras sacaba la carta de la media–. Mirá. ¿Esto es un invento?

Graciela agarró la carta, leyó el sobre y se la pasó a Paula.

–La Foca le contestó a la mujer del sargento. Deschavamos todo. El sargento se va a poner como loco. La Foca le va a mostrar la carta que le mandamos. Y nos van a reconocer la letra, e imagínense lo que sigue.

–Nadie nos puede reconocer la letra porque la escribimos a máquina –le contestó Paula con una sonrisita sobradora.

–También reconocen las máquinas, imbécil –le contestó Miriam con la misma sonrisita.

Paula se puso pálida.

–Pará... ¿La leíste? ¿Qué dice? –quiso saber Graciela, sin animarse a sacar el papel de adentro del sobre.

–No tuve tiempo, nena...

–¡Y dale! ¿Qué esperás?

Graciela le pasó la carta con cuidado. Era como si tuvieran entre manos una carta bomba a punto de explotar.

–¡Las huellas! –gritó Paula de golpe –Nos van a encontrar por las huellas, no la toquen...

–¿Sabés cuántas huellas tiene la que mandamos nosotras? –dijo Miriam–. Ya estamos jugadas.

Desdobló el papel y leyó.

–"Mi queridísima señora Guayra"...

–No entiendo nada –dijo Graciela–. ¿Por qué la trata así de bien?

–No sé... por ahí es irónico. Dejame leer. "Me dio una gran alegría recibir su carta..."

Las chicas se miraron.

–..."sobre todo porque me dice que está muy bien de salud. Es una suerte que puedan aprovechar la licencia de Beto para irse unos días a Mar del

Plata. Usted lo necesita y él también. Mar del Plata es una ciudad muy linda ¿la conoce?... Por supuesto lamento que Beto no pueda venir a Buenos Aires, pero otra vez será. Dígale que no se preocupe. Mientras usted esté bien, yo también lo estoy. Nuevamente le agradezco sus líneas. Con todo mi cariño. Elvira. Posdata: espero que nos conozcamos pronto.".

Miriam bajó el papel. Las tres se miraron. Mudas.

–No entiendo nada –dijo Graciela.

–¿Qué no entendés? –se enojó Miriam– ¿No ves que la Foca se la da de superada?... ¿Sabés como se va a poner la tipa cuando reciba esta carta?...

–Pará, gorda... Son todas suposiciones...

–¡No son suposiciones! Está clarísimo: la Foca y el sargento están engañando a esa pobre mujer. Ella le escribe una carta y la Foca...

–¡Pará, gorda, pará! –ahora la que se enojó fue Graciela–. La carta la escribimos nosotras. Ni siquiera sabemos si se conocen, ni si la mujer del sargento sabe que la Foca existe, ni si la Foca sabe que la mujer del sargento es la mujer del sargento, ni si el sargento sabe que la Foca sabe o que la mujer sabe, o qué se yo. ¿No te das cuenta?

—Tiremos la carta al inodoro —se le ocurrió a Paula.

—¡Ay...qué viva! —se burló Miriam—. Escribe otra, nena. Es una carta, no un microchip...

—No debiéramos haber hecho nada... —dijo Paula, preocupadísima—. Pase lo que pase, nos van a descubrir.

—Depende... —sonrió Miriam—. Si se nos ocurre algo bueno...

Miriam sabía que la situación era riesgosa, pero otra vez las chicas estaban de su lado y eso había que aprovecharlo. No era cosa de que se arrepintieran ahora.

—No. Cortémosla acá —dijo Graciela—. Ya armamos bastante bardo.

—¿Estás loca?... No podemos dejar las cosas así.

—Sí, podemos. Escuchame, gorda, capaz que le arruinamos la vida a tres personas. Basta. No nos podemos seguir metiendo. Poné eso donde estaba y recemos para que no nos descubran.

—¿Por qué no vamos y le contamos todo a la Foca? —sugirió Paula.

—¡Tampoco la pavada, Pau! No ganamos nada. Y nos va a matar... –dijo Graciela.

—Ustedes son dos imbéciles. Cuando estamos en lo mejor, se arrepienten. Yo creo que hay que pensar un nuevo plan para...

—¡Ya te dijimos que no! –se enfureció Graciela–. ¿No entendés, piba?... Devolvé eso si no querés que le digamos a la Foca que la tenés vos.

—¡Ja! Mirá como me río –la desafió Miriam–. ¡Idiota!... Si me agarran a mí, las agarran a ustedes...

—No creo –se envalentonó Paula–. La máquina de escribir era tuya ¿no?...

—¡Okey! –dijo Miriam roja de furia–. Yo la devuelvo, pero si se llega a armar algún bardo, yo digo que fueron ustedes y que yo no tengo nada que ver.

—La máquina de escribir... –empezó otra vez Paula contenta con el argumento que se le había ocurrido.

—¡Cortala con la máquina de escribir! Nadie va a venir a buscarla y si es así, yo le cuento a mi papá y él lo va a arreglar.

—Hacé lo que quieras –le dijo Graciela.

–¿Están seguras?

–¡Sí! –contestaron las dos al mismo tiempo.

Miriam, muy ofendida, se fue del baño. Había una sola cosa cierta: si ella no devolvía la carta, la Foca iba a escribir otra. ¿Para qué arriesgarse a que sospechara algo?...

Puso la carta prolijamente en la cartera y decidió que lo mejor iba a ser esperar. Por algún lado iba a saltar la cosa y cuando eso sucediera, las chicas iban a venir a buscarla para que las ayude... o al menos para que no las delate. De eso estaba segura.

Las que no estaban muy seguras de nada, a pesar de haberse hecho las valientes, eran las chicas. Habían armado un lío por meterse en lo que no les importaba y ahora todo se podía destapar. Miriam, no era su aliada, era un peligro, pero no había nada que pudieran hacer para frenar lo que habían empezado. Salvo confesar la verdad, pero ¿quién se animaba a tanto?... No les quedaba otra que esperar.

Capítulo 23

Los días transcurrieron sin novedades. Federico seguía saliendo con Leticia y eso le ocupaba todas las tardes y todo el cerebro. Las chicas estaban preparando una obra para fin de año en el taller de teatro y eso también les ocupaba todas las tardes y todo el cerebro. Bueno, parte del cerebro de Paula, también estaba ocupado por Nicolás. Fabián, de puro aburrido y sin nada que le ocupara ni las tardes ni el cerebro, se había anotado en un curso de computación.

Miriam, por su lado, seguía revisando la cartera de la Foca, pero ninguna otra carta había vuelto a aparecer.

Estaba promediando noviembre y todos los maestros se habían puesto pesados con las pruebas. ¿Para qué, si ya se iban?...

En la escuela habían empezado los preparativos

para la fiesta de egresados y la entrega de diplomas. Paula, finalmente, se había resignado a ir al Misericordia. Después de todo, ahí estaba Nicolás, aunque sólo fuera en el taller. Lo único que lamentaba era tener que aguantar a Miriam, pero con siete años de experiencia, ya se las iba a arreglar.

Durante las horas de clase, Fabián, día tras día, miraba a Paula por la espalda. Se sentaba un banco más atrás, pero en la fila de la derecha, así que siempre la tenía a tiro. Más de una vez estuvo tentado de mandarle un mensaje, pero estaba seguro de que Paula ni lo iba a leer. Un día de estos iban a hablar. Un día de estos...

Fede, a la semana de haberse peleado con él, se había cambiado de banco. Se moría de aburrimiento al no poder hablar con Fabián y se había pasado atrás, con Matías. Mejor. Todo el banco para Fabián.

Las chicas llegaron un día con invitaciones para todo el grado para la obra de teatro que estaban preparando. Hasta le dieron una a la Foca. A Fabián y a Fede también. Los dos dijeron que no sabían si iban a ir. Si tenían tiempo, a lo mejor... Las chicas se encogieron de hombros. ¡Por lo que les importaba!...

Una tarde, mientras copiaban el millonésimo mapa del año, escucharon que alguien golpeaba la puerta del aula. Todos se dieron vuelta. Cuando uno está copiando un mapa, no hay nada mejor que distraerse con algo. Y ahí estaba la directora, sonriente y junto a ella... ¡el sargento Guayra en persona!

La directora entró, los saludó y les dijo:

–Elvira, chicos... les traje una sorpresa ¿Se acuerdan del sargento Guayra?...

Paula, Graciela, Federico, Fabián y Miriam no miraron al sargento: enfocaron directo hacia la Foca. Todos querían saber cómo reaccionaba.

La Foca se puso colorada, sonrió, se paró de su silla para acercarse a saludar al sargento, se tropezó con el escritorio, tiró los papeles que el sargento se agachó solícito a levantar, mientras ella se deshacía en disculpas y recomponiéndose dijo:

–De pie alumnos ¿No ven que entró una persona?

Todos se pararon inevitablemente tentados y saludaron con una mezcla de buenas tardes, señor, sargento, señor sargento, señora directora... en fin. No se entendía nada. A la Foca no le importó.

El sargento hizo una inclinación de cabeza, sonriente. No tenía uniforme y eso lo hacía casi irreconocible.

–Le dieron la licencia... –le dijo Paula a Graciela por lo bajo.

Después del consabido, cómo están chicos, el sargento, con una sonrisa de oreja a oreja, se acercó a la Foca y tomándole la mano entre las suyas le dijo: –¿Cómo está usted señorita Elvira?... ¡Qué gusto de verla!

Los codazos se multiplicaron por doquier. La Foca se vio obligada a sacar su pañuelito y ahogar la típica tosesita.

–Así me gusta –le dijo el sargento a los chicos –que estudien mucho.

–Yo siempre les digo –acotó la Foca–. El jolgorio es el jolgorio y el estudio es el estudio. ¿No es así?...

–Así es –confirmó el sargento.

–Y este grupo sabe hacer muy bien las dos cosas. Sobre todo el jolgorio –sonrió la directora haciéndose la simpática.

Los chicos también sonrieron. ¿Qué más podían hacer?

–Bueno –dijo el sargento–, no los interrumpo más. Sólo quería saludarlos. Sigan... sigan con lo suyo.

–¡Saluden! –tronó la Foca.

Otra vez el confuso saludo a coro.

–Lo acompaño –dijo la Foca y siguió al sargento hasta la puerta del aula.

Fue no más que poner un pie afuera, para que el murmullo transformara el aula en una cancha de fútbol.

–¡Vino a investigar lo de la carta! –dijo Miriam tirándose sobre el banco de las chicas.

–¡Ni ahí! –le dijo Graciela –¿No viste la cara de contento que tenía?

–¿Ustedes creen que se habrá separado? –preguntó Paula.

–¡Qué se yo!...

Fabián también se acercó.

–Che... –les dijo– ¿Qué pasó con la mujer?

–No sabemos –le contestó Graciela–. Capaz que le dijo que venía por laburo, o esas cosas.

–Para mí que la mató –se burló Fabián–. Yo que ustedes andaría con cuidado...

—¡Salí tarado! –lo sacó Miriam de un empujón.

Fabián se fue riéndose.

—Tenemos que hacer algo para enterarnos –dijo Miriam rápidamente –¿Si los seguimos?...

Graciela resopló.

—Gorda... a ver si te queda claro. Faltan quince días para que terminen las clases, ésta parece que nos salió bastante bien y no pensamos meternos en ninguna cosa rara. Además... –agregó–, ni Paula ni yo tenemos tiempo.

—¡Ay... claro!... ¡Como hacen teatro!

—¡Cortala, gorda! ¿Querés? Si tenés tantas ganas de saber qué pasó, andá y preguntale a la Foca.

—Yo voy a hacer lo que se me de la gana –contestó Miriam ofendida.

La Foca volvió y se acabaron los comentarios. Automáticamente, porque estaba tan contenta, que hasta se olvidó de pedir silencio.

Esa tarde, nadie tuvo apuro por irse. Con una excusa u otra, todo el grado se quedó dando vueltas en la vereda, de la forma más disimulada posible.

Todos pudieron ver como el sargento esperó a la Foca hasta la última hora y se fue caminando con ella. Pero ni un beso, ni la mano, ni nada. Ni siquiera se agarraron del brazo. Fede se animó a pararse detrás de ellos y hacerles burla mientras se iban, tirando besitos al aire y mostrando con las manos como le latía el corazón.

Miriam miró sobradora a los que tenía cerca y les dijo:

—¿No les dije que eran novios?...

Y haciéndose la interesante, rumbeó para su casa. Pero a pesar del éxito, no estaba contenta. Su éxito no iba a ser completo si no lograba enterarse qué era lo que había pasado con la Guayra.

Capítulo 24

Los ensayos de la obra de teatro estaban a mil. Faltaban cinco días y todo el mundo tenía la sensación de que no la iban a terminar, a pesar de que Rubén aseguraba que estaba saliendo bárbaro.

Habían preparado una versión libre de Romeo y Julieta, que se llamaba Rodeo y Chancleta. Rodeo, porque era un Romeo que daba muchas vueltas y que por supuesto hacía Nicolás y Chancleta, porque era una Julieta que siempre metía la pata... y lo hacía Graciela.

Paula estaba un poco celosa, aunque no se lo confesara ni a ella misma, sobre todo en las escenas de amor. La verdad es que no había ninguna escena de amor, porque a Rodeo y Chancleta siempre les salía todo al revés, pero aún así, a Paula le hubiera encantado ser Julieta, con un Romeo como Nicolás, claro.

Para colmo y como había pocos varones, le habían dado el papel del amigo de Romeo, disfrazada de varón. Un desastre, salvo por el momento en que moría en sus brazos. Era la escena que más le gustaba. Al principio, cuando empezaron a ensayar, cada vez que Nicolás la incorporaba del suelo para hablarle, le daba cosquillas y no podía parar de reírse. Tenían que frenar el ensayo una y otra vez, porque atrás de Paula, se reía todo el mundo. Al final y a riesgo de que le sacaran la escena, aprendió a contener, no sabía muy bien si las cosquillas o la risa, pero ya no fue necesario parar el ensayo. Ahí surgió otro problema. Se distraía tanto mirando y escuchando hablar a Nicolás tan cerca de ella, que siempre se olvidaba de morir a tiempo y recién reaccionaba cuando Rubén gritaba por centésima vez ¡morite, Paula! ¡morite de una vez!. Y cuando se moría, así, de golpe, escuchaba que todo el mundo se reía a carcajadas. La verdad, es que, ensayar cien veces esa escena no le importaba nada. ¡Ojalá hubieran sido doscientas!

Ella y Graciela, estaban seguras de que a Nicolás también le gustaba Paula y que si todavía no había pasado nada, a lo mejor era porque estaba esperando el día de la función, para que no se enterara todo el grupo. Sólo una cuestión de tiempo. Si no era así...¿Por qué la acompañaba siempre a su casa después de los ensayos? Es cierto que vivía para ese lado, pero... seguro que no era por eso. Además, siempre la defendía o le aconsejaba cómo actuar o la aplaudía cuando algo le salía bien. Era claro que le interesaba. A ninguna otra le daba tanta bolilla. Ni a Graciela, que era Chancleta.

Por eso, esa tarde, ninguna de las dos pudo creer lo que vio.

Estaban llegando juntas al Misericordia, riéndose porque Paula había conseguido una espada de juguete y venía sacudiéndola por la calle para ver cómo se usaba y casi le saca el ojo a una vieja que estaba en un kiosco y la vieja se enojó y ellas en vez de pedir disculpas se echaron a reír y a pesar de todo, siguieron revoleando la espada... cuando, desde la esquina, vieron a Nicolás parado detrás de un árbol. Detrás detrás, no, claro, porque si no no lo hubieran visto. Estaba apoyado en el árbol y el cuerpo quedaba al descubierto. Era un lugar extraño para estar parado, pero las chicas y sobre todo Paula, pensaron que a lo mejor las estaba esperando para mostrarles algo.

Por hacerle una broma, ellas también se escondieron y fueron acercándose, ocultándose detrás de los árboles y de los autos estacionados. Paula pretendía atacarlo por atrás con la espada para asustarlo.

Cuando lo tuvo cerca, corrió el último tramo y le puso la espada en la espalda al grito de...

Ningún grito, porque en ese momento vio, que detrás del árbol, justo frente a Nicolás había una chica y que en ese preciso instante, Nicolás le estaba dando un beso.

Paula se quedó dura, la espada todavía sobre la espalda de Nicolás.

–Ah... ¿la conseguiste?... –preguntó él como si tal cosa al darse vuelta–. Está buena...

Agarró la espada de las manos de la petrificada Paula e hizo un par de movimientos en el aire.

Graciela, que desde lejos había visto algo raro en la actitud de su amiga, también se acercó corriendo. Otra muda, inmóvil, petrificada, al ver a la chica. Sólo que ella reaccionó más rápido.

—Vamos Pau... –dijo pegándole un tirón.

—Las veo adentro –dijo Nicolás sin darle ninguna importancia al encuentro –¡Ey! ¡Pau! ¡Te olvidás la espada! –y se la arrojó con cancha. Por supuesto, Paula no la atajó y tuvo que levantarla del suelo.

—¿Y esa quién es? –quiso saber Graciela, ni bien se alejaron un poco.

—¡Quién va a ser! ¡La novia, nena! –dijo Paula furiosa.

—No, Pau... ¿Cómo va a ser la novia? No te persigas, ¿querés?

—También podría ser la hermana, pero entonces explicame porqué la estaba besando.

—¡¿La estaba besando?!...

Paula afirmó con la cabeza.

—¿Estás segura?

—¡Ay, Graciela! –se ofendió Paula –¿Te crees que soy idiota? Se estaban matando...Y yo encima caí ahí como una imbécil a pincharlo con la espadita... ¡Qué quemo!

—¡Pero ese pibe es un tarado! –ahora la furiosa era Graciela –¿Por qué nunca nos dijo que tenía novia?

—Qué sé yo. Nunca se lo preguntamos...

–Pero esas cosas se dicen...

Paula se encogió de hombros.

–Capaz que está por cortar... –insistió Graciela.

Paula la miró descreída.

–Era un bicho –fue todo lo que se le ocurrió comentar a Graciela para consolarla.

De todas formas, quiso sacarse la duda.

–Che, Nico... –dijo como al pasar cuando Nicolás entró–. ¿Esa piba que estaba con vos era tu novia?

–¿Quién... Caro?

–Sí.. No sé... La que estaba afuera... –¿quién otra iba a ser?

–Caro, sí. Sí, es mi novia. Hace un año y medio que salimos. ¿Un pedazo, no?

Un pedazo de idiota, tuvo ganas de contestar Graciela.

El ensayo de ese día fue un desastre. Todos habían traído sus vestuarios y nunca llegaban a tiempo para cambiárselos, los perdían al costado del escenario, se lo ponían al revés, o salían con todo a medio abrochar. Rubén siguió insistiendo con que todo estaba bárbaro y lo que no, se iba a solucionar, pero la depresión era general y la de Paula, doble. ¡¿Qué le importaba ya Romeo y Julieta o Rodeo y Chancleta o como se llamase? Era la obra más aburrida del mundo.

Capítulo 25

Graciela se sorprendió cuando esa tarde, atendió el teléfono y escuchó la voz de Fede. Hacía como un mes que no hablaban. ¡Más de un mes! Que la llamara era raro.

–Che, Gra... ¿podés salir ahora? –le preguntó después del hola.

Graciela miró la hora. Siete y media. Dudó.

–Es medio tarde –dijo– ¿Para qué?

Fede tardó en contestar.

–Necesito hablar con vos.

Ese siempre era un buen motivo.

–Pará, que le pregunto a mi vieja.

Graciela fue a hablar con su mamá y volvió al teléfono corriendo.

–Me deja hasta las ocho –dijo.

–Está bien. Bajá que voy para tu casa con la bici.

–No me dejes colgada en la puerta –le recomendó Graciela.

–No, nena... Vos bajá.

Graciela calculó que Fede tendría para unos diez minutos y aprovechó para pasar por el espejo, peinarse, cambiarse la remera y mirarse unas cien veces para ver si le gustaba el resultado.

Cuando bajó, Fede la estaba esperando.

–Llegaste muy rápido –le dijo.

–Me dijiste hasta las ocho. Vine a los piques.

Fede se bajó de la bici y se sentaron en el escalón de la entrada. Muchas veces habían charlado ahí, algunas solos, otras con Fabián y con Paula. Era cómodo.

–¿Qué pasa? –preguntó Graciela.

La verdad es que no tenía la menor idea de qué era lo que Fede quería. Ni siquiera sabía en qué andaba.

–Mirá... –empezó Fede dubitativo–. Yo sé que hace bocha que no hablamos... y por ahí es un garrón que yo te llame así, de repente...

Graciela se encogió de hombros.

–A lo mejor seguís medio enojada... o enojada del todo –se sonrió.

–No... qué se yo... Un poco ya se me pasó... ¿De eso querías hablar?

–No. En realidad no –Fede se puso serio otra vez–. Es que Fabián también está peleado conmigo, o yo con él... no sé muy bien.

–Sí. Cada uno anda en la suya.

–Sí. Es un asco –coincidió Fede–. Bueno... ustedes tienen suerte. Por lo menos siguen amigas.

Graciela asintió con la cabeza.

–¿De eso querías hablar? –volvió a preguntar.

–No. En realidad no–.

Era claro que Federico no se animaba a decir lo que quería.

–Corté con Leticia –largó por fin.

Graciela abrió la boca para contestar, pero la cerró enseguida, por miedo a que le saliera un "qué suerte".

–Ah... –dijo en cambio–. Qué garrón ¿no?

–Sí.

Federico se quedó callado y Graciela no tenía mucho para decir.

–¿Y cortaste vos, o cortó ella? –preguntó por fin.

–Ella –dijo Fede–. Y mal. Porque veníamos bárbaro... La pasábamos re-bien juntos. Nunca había dicho nada de querer cortar, o esas cosas.

Graciela puso cara de circunstancias.

–A veces pasa –dijo.

–Es que si me hubiera dicho algo... ¿viste?... yo me hubiera preparado. Pero ni me la esperaba.

–¡Qué mal!

–Y hoy voy a la casa... todos los días voy... iba a la casa... y me dice de una que no quiere salir más.

–¿Y te dijo por qué?

Fede movió la cabeza.

–Está saliendo con un flaco de la escuela. Uno de tercer año.

Graciela se hubiera alegrado y hubiera gritado, me gusta, si no le hubiera visto la cara a Federico. Estaba realmente mal y eso que él nunca se ponía mal por nada. Siempre tenía una broma a tiempo, una salida... Nunca lo había visto así.

–¡Qué guacha! –dijo Graciela. Y eso le salió del alma.

–Sí. No me lo esperaba. Además... ¿para qué me decía que la pasaba re-bien conmigo, que nunca se había divertido tanto?... Qué sé yo... No entiendo nada.

Graciela se quedó callada. No sabía bien qué decirle. Algo así como eso te pasa por salir con minas más grandes o bancátela por estúpido o yo sabía que esto iba a pasar, no le parecía muy conveniente. Federico pareció leerle el pensamiento, porque le dijo:

—Soy un imbécil. Tenés razón.

—Yo no dije nada –se rió Graciela.

—Pero lo pensaste.

—Ni ahí –se quiso defender ella...

—¿Por qué las minas hacen esas cosas, me querés decir? –preguntó Fede de golpe.

—Las minas no. Leticia –aclaró Graciela. Odiaba que la comparara con esa idiota.

—Las minas –insistió Fede–. ¿Por qué no van de frente y listo?

—Ustedes tampoco van de frente. Si vos te hubieras enganchado otra mina mientras salías con ella, no se lo ibas a decir ni ahí.

—¡Claro que se lo iba a decir!... O al menos no iba a andar todo el tiempo "ay... qué bien la paso con vos" –dijo imitando a Leticia.

–"Me gusta otra, pero no hay drama" –se sumó Graciela.

Fede se rió.

–Vos mucho no te la bancabas ¿no? –quiso saber Fede.

Graciela se encogió de hombros.

–No sé... Ni la conozco...

Se produjo otro silencio.

–¿Y ahora qué vas a hacer? –preguntó Graciela.

–Y nada... ¿qué querés que haga?...

–No sé... Digo... ¿vas a insistir? ¿Vas a hablar con ella?

Fede negó con la cabeza.

–No. No me da...

–¿Querés que vaya y la cague a trompadas? –preguntó Graciela riéndose.

Federico también se rió.

–¡No sabés cómo me gustaría ver eso!...

–Es medio enana...Le puedo dejar un ojo negro.

–No, gracias. No necesito guardaespaldas.

Se quedaron en silencio.

–Me tengo que ir –dijo Graciela mirando el reloj.

–Sí. Yo también –dijo Fede parándose y agarrando la bici que había dejado apoyada contra la pared–. Gracias por bajar.

Graciela hizo una mueca para quitarle importancia.

–Nos vemos mañana –dijo Fede.

–Chau.

Graciela entró. Mientras esperaba el ascensor se dio cuenta que estaba contenta. Federico había vuelto. Recién entonces supo cuánto lo había extrañado.

Fede pedaleaba a toda velocidad. ¿Por qué se sentía tan bien, si Leticia lo había pateado?...

Capítulo 26

Todo iba de sorpresa en sorpresa: la aparición del sargento Guayra (con la consecuente felicidad de la Foca, a quién los chicos nunca habían visto tan sonriente en su vida); la novia de Nicolás; Federico de repente hablando otra vez con las chicas todos los recreos...

Fabián, esta vez sí, se sentía un verdadero marciano y Miriam destilaba veneno. ¡Tan bien que venía y ahora no pegaba una!

De la Foca y "su novio", no había podido averiguar nada. ¡Y eso que los había seguido! Claro que poco, porque a las dos cuadras de la escuela, se habían tomado un colectivo y no le había dado para subirse atrás de ellos. Y aunque sabía la dirección de la Foca, no podía pararse en la puerta de su casa para espiarla; así que cuando se alejaban de la escuela... misterio.

Nadie sabía lo que hacían. Se le ocurrió llamar a Córdoba. Tal vez la mujer del sargento estuviera en su casa, tal vez pudiera preguntarle algo, pero nadie le contestaba. Miriam se desesperaba, no sólo por curiosidad, sino porque haber averiguado algo, le hubiera dado puntos con las chicas. Quería, sí o sí, tenerlas de su lado. ¡Y ahora Federico! ¿Qué estaba pasando que había vuelto con ellas? Eso complicaba mucho las cosas.

En el tercer recreo, mientras Graciela charlaba con Paula y con Fede, la Foca la llamó aparte.

–Graciela... ¿puede venir un momentito, por favor?...

Graciela miró a los chicos bastante asustada. Ese extraño llamado, sumado a la presencia del sargento en Buenos Aires, quería decir una sola cosa: la Foca se había avivado de todo. Pero ¿porqué la llamaba a ella y no a Paula o a Miriam?... Bueno... lo de Miriam era claro, seguro que había buchoneado.

Graciela se levantó arreglándose el delantal y siguió a la maestra. Varios ojos la siguieron a ella, entre ellos, los de Miriam.

–¿Qué pasa, seño? –le preguntó, esperando la peor respuesta.

–Quería pedirle un favor... –eso ya fue una sorpresa–. ¿Se acuerda que ustedes el otro día me dieron una invitación para ir a ver esa obrita que van a hacer?

–Sí. El viernes.

–Bueno... Quería pedirle... no sé si será posible... Quería pedirle si puede darme dos invitaciones más.

Graciela respiró aliviada.

–Sí, claro... por supuesto... Ya se las traigo –le hubiera dado cien.

Cuando Graciela volvía con las invitaciones, Miriam la frenó.

–¿Qué pasa? –le dijo alarmada– ¿Descubrió todo?

–Sí –mintió Graciela–. Preparate, porque no terminás séptimo, ni aunque falte una semana.

–¡Y vos tampoco! –le gritó Miriam. Pero Graciela ya se alejaba con las invitaciones en la mano y no le contestó.

–Lo mejor –le dijo más tarde a Paula y a Fede–,

es que la gorda está convencida de que la Foca me llamó porque nos descubrió. Debe estar asustadísima.

–Podríamos hacerle una joda –dijo Fede.

–Dejémosla tranquila, pobre... No se portó tan mal esta vez –casi rogó Paula.

–Porque no tuvo oportunidad –dijo Graciela–. Si nos llegaban a descubrir, ¿vos te creés que no nos hubiera echado la culpa a nosotras?

–No sé... puede ser. Pero zafamos. ¿Para qué la vamos a molestar?

–¿No ves que sos tonta? –le dijo Fede–. Para divertirnos, nena.

–No estoy de acuerdo –insistió Paula.

–Yo creo que ya tiene bastante con suponer que nos descubrieron. No necesitamos hacer nada. Ella sola se va a enroscar –coincidió Graciela.

–Está bien. Como quieran. Pero yo le daría... "una lección preventiva". Por si se destapa la olla, digo.

–¡No! –dijeron las dos al mismo tiempo.

Miriam los miraba de lejos. Quería venir a hablar con Graciela, quería saber qué sabía la Foca, pero Fede estaba con las chicas y ni pensaba hablar de eso con él.

–Che... –dijo Paula después de un rato –¿Para qué querrá la Foca tres entradas?

–Una es para el sargento, nena –le contestó Fede.

–Sí, claro. Pero ¿Y la otra?...

Nadie tenía esa respuesta.

–A lo mejor es para alguna amiga... –sugirió Graciela poco segura.

–¿Te parece? –dudó Paula –¿Saldrán los tres juntos?...

–Qué sé yo. ¿Qué importa?

–¡Lo tengo! –dijo Fede–. Es para la mujer del sargento. ¡Van a ir los tres!

Las chicas se rieron y lo sacaron a los empujones.

–Dejen de hacerse películas con esa historia del sargento. ¡Capaz que las invitaciones son para dos amigas, o para la hermana, o para la vecina! Córtenla con eso...

Viendo que a Fede no le interesaba el tema, dejaron las dudas para cuando estuvieran solas. Ellas, como Miriam, también querían saber cómo se había resuelto todo y les costaba aceptar que nunca se iban a enterar.

Cuando entraron al aula, Miriam se les acercó. Ahora sí, Fede estaba lejos.

–¿Qué vamos a hacer, chicas? –les preguntó.

Graciela se tentó. Asustar un poco más a la gorda no estaba nada mal. Después de todo, Fede tenía razón.

–Mirá. Yo te voy a contar como fueron las cosas. La Foca tiene una sospecha. No de nosotras, porque si no, no me hubiera preguntado a mí...

–¿Y de quién? –preguntó tontamente Miriam.

–De vos, nena –dijo Graciela–. –Me llamó para preguntarme si yo sabía algo de unas cartas que se le habían perdido de la cartera.

–¡No se le perdieron! Yo se las devolví –protestó Miriam casi a los gritos.

–¡Shhh! –la hizo callar Graciela–. ¿Querés que te escuche alguien?

–Bueno... pero se las devolví –volvió a decir Miriam, ahora en voz baja.

–Ya lo sé... pero te imaginás que no le podía contestar eso...

Paula hacía grandes esfuerzos por no reírse, mientras pateaba a Graciela por abajo del banco para que la cortara de una vez.

–¿Pero vos qué le dijiste? –insistió Miriam.

–¡Nada! ¿Qué te pensás? No te iba a andar buchoneando...

–Pero ¿sospecha de mí en serio?...

–A mí me pareció... –dijo Graciela haciéndose la amiga–. Dijo... "yo no sé... la única que abre el armario es Miriam"... Yo que vos me cuidaría.

–Y yo que ustedes también.

Miriam se sentía acorralada y no sabía cómo salir.

–Nosotras nunca le robamos nada de la cartera... –la pinchó Paula.

Miriam no tuvo tiempo de protestar, porque la maestra pidió silencio y todo el mundo se puso a trabajar.

Cortala, Gra... –le pidió Paula por lo bajo–. La gorda va a destapar todo si la seguimos molestando... No le des más máquina...

–No va a destapar nada... Si la Foca está a mil kilómetros de sospechar nada.

–Eso es cierto. Nunca la vi tan contenta.

–Muero por saber con quién va a ir a la función...

La maestra las hizo callar y ya no volvieron a tocar el tema. Sólo había que esperar dos días para enterarse.

Capítulo 27

El día de la función llegó por fin. Graciela y Paula fueron temprano al Misericordia. Tenían mucho que preparar todavía y además no soportaban estar en ningún otro lado que no fuera en el teatro. La obra estaba terminada y al decir de Rubén, magnífica. Paula había recibido varias felicitaciones en los ensayos. La verdad es que desde el día en que se encontró frente a frente con la novia de Nicolás, estaba tan furiosa, que era a quien mejor le salían todas las escenas de pelea. Con ganas hubiera ensartado al idiota de Nicolás con la espada. ¡Lástima que fuera de plástico y que ni siquiera tuviera una peleíta contra él en toda la obra! Como morir en sus brazos ya no tenía ninguna gracia, ahora se moría lo antes posible para no tener que verle la cara. Los últimos días le dijo que no iba para su casa, para evitar que la acompañara y trataba de hablarle lo menos posible.

Nicolás ni siquiera registró el cambio y siguió tratándola como siempre; pero todo lo que a Paula, antes le parecían genialidades, ahora eran las mayores estupideces. Ya ni siquiera lo veía lindo y le molestaban horriblemente esos granos que tenía en la nariz.

A la hora de la función, la gente se fue amontonando en la puerta. Del grado sólo habían ido algunos, entre ellos Fede, que les había prometido a las chicas ir a verlas, no sin aclarar que después se iban a tener que bancar las críticas; Fabián, que aunque no le dijo nada a nadie, quiso ir a ver qué era lo que hacían; y Miriam, que por supuesto, no quería quedar afuera de nada.

En la calle, mientras esperaban, Fede lo vio a Fabián de lejos. Instintivamente, sin pensarlo, dio un paso para acercarse, al tiempo que se daba cuenta que hacía un montón q.e ni se hablaban. Se frenó. Estaba seguro que Fabián lo había visto, pero no parecía muy dispuesto a venir hacia él. Es más. Se hacía el idiota mirando para otro lado.

Fede pudo ver cómo Miriam se acercaba a Fabián y cómo él la esquivaba diciéndole algo molesto, sin duda, por la cara de furia con que quedó Miriam. Federico se rió. No había nada mejor que molestar a la gorda.

Tal vez por eso, tal vez porque no estaban en la escuela, tal vez porque ya se había peleado con Leticia, o por vaya a saber qué, a Fede le dieron unas ganas terribles de acercarse a Fabián. Dudó. Era claro que el enano no tenía ninguna intención de hablarle. Pero el impulso fue más fuerte y empujando gente llegó junto a su amigo, a su ex amigo.

Prefirió que el encuentro pareciera casual.

–¿Viniste a ver a las chicas? –le preguntó cuando lo tuvo al lado, mientras la gente los empujaba hacia la puerta.

La pregunta era obvia. ¿Para qué otra cosa iba a venir al Misericordia?

–Sí –contestó Fabián descolocado. No esperaba que Fede se acercara a hablarle.

–Yo también. ¿Estará bueno?

–No sé. No vi nada.

Fabián miró a su alrededor.

–¿Viniste solo? –preguntó.

–Sí. ¿Con quién iba a venir?

–No sé... Con Leticia.

–Cortamos –contestó lacónicamente Fede.

–No sabía –fue todo el comentario de Fabián.

Alguien los empujó para poder pasar.

–¡Qué lío de gente! –se quejó Fede.

Otro empujón.

–Por ahí la vi a Miriam –comentó.

–Sí. Se me pegó como estampilla.

Los dos echaron una mirada alrededor, pero no pudieron ubicarla por ningún lado. Debía estar primera, al lado de la puerta. Como siempre.

Pero no era así. No la pudieron ver, porque Miriam ya no estaba ahí.

Después que Fabián se la sacara de encima, Miriam se había quedado dando vueltas para ver si encontraba a alguien conocido. Y lo encontró.

Por arriba de las cabezas, pudo ver acercarse a la Foca. Miriam prefería estar lo más lejos posible de la maestra, no fuera cosa que le empezara a preguntar por las cartas; pero la Foca la vio y desde lejos le hizo un saludo con la mano para acercarse a ella.

Soné, pensó Miriam, ya no me puedo escapar. Con una falsa sonrisa dibujada en la cara vio cómo su maestra se acercaba y se sorprendió al darse cuenta, que casi colgada de su brazo, venía una viejita, que Miriam enseguida pensó que debía ser la madre. Estaba salvada. La Foca no iba a sacar el tema de las cartas frente a la vieja. Miriam se relajó y a su vez, comenzó a caminar hacia ella.

–¡Ay, Dios! ¡Cuánta gente! –se quejó la Foca cuando se encontraron–. Ella es Miriam Reinoso, otra alumna mía –le dijo a la señora.

Miriam sonrió más aún, probando su mejor cara de niña buena.

–¡Podrían abrir las puertas por lo menos! –volvió a quejarse la Foca.

Miriam estaba por contestar algo más o menos adecuado, cuando las palabras se le congelaron en la garganta, porque por detrás de ella, surgido de la nada, apareció el sargento Guayra.

Miriam se puso pálida. Si a alguien no pensaba encontrarse en ese lugar, era al sargento. ¡No podía haber venido a ver la función de teatro! Las chicas no podían haberlo invitado... No sin habérselo avisado. El sargento estaba acá por otra cosa. Estaba segura.

–Beto... No sé si se acuerda... pero ella es Miriam, la alumna que yo le decía.

Miriam empezó a temblar. ¡Ya habían hablado de ella! ¡La Foca le había contado todo y él había venido a buscarla! Tenía que escapar de ahí cuanto antes.

Antes de que el sargento pudiera decir si se acordaba o no de ella, Miriam dijo:

–Me tengo que ir, seño.

Y empujando a todos, se abrió paso y desapareció entre la multitud, sin parar de correr hasta que llegó a su casa.

–Estos chicos... –se rió la vieja sacudiendo la cabeza.

La Foca, entonces, vio a lo lejos a Fede y a Fabián y pasándole la anciana al sargento, le dijo:

–Espere acá, que voy a conseguir una silla.

Ella también se abrió paso a los empujones, hasta llegar junto a los chicos.

–¡Ay, Soria!... ¡Qué suerte que los encuentro!

Yo no podría decir lo mismo, pensó Fede.

–Necesito que me hagan un favor –siguió sin esperar que le devolvieran el saludo–. Vayan ahí adentro y consíganme una silla. Estoy con una señora que no puede estar parada. Yo los espero acá.

Federico y Fabián se miraron. La Foca daba órdenes como si estuviera en el patio de la escuela ¿Por qué ellos? ¿De dónde iban a sacar una silla? Pero sabían que iba a ser inútil negarse.

Miraron a la Foca, que ya los estaba esperando, antes de que se hubieran ido.

Resignados, empezaron a empujar para acercarse a la puerta. Le golpearon el vidrio al hombre que estaba adentro, que respondió amablemente diciendo que no con el dedo. Le hicieron confusas señas para explicar que necesitaban una silla. El hombre no era muy vivo o ellos eran muy malos mimos, porque no entendió nada. Fabián y Fede miraron para atrás. La Foca seguía esperando. Se pusieron de acuerdo y a la cuenta de tres gritaron juntos.

–¡Una silla!

Lo fuerte que habrá sido el grito, que todos los que estaban parados en la calle se callaron de golpe y la Foca, que también escuchó, sonrió satisfecha.

Pero el hombre siguió diciendo que no con el dedo.

Fede se arrodilló junto a la puerta. No había caso y para colmo, el hombre ya se estaba empezando a enojar. La Foca seguía esperando. No se daba por vencida.

Entonces, a través del vidrio, vieron aparecer en el hall del Misericordia a Paula, vestida de hombre. Golpearon el vidrio para llamarla y el hombre los amenazó desde adentro. Pero Paula se dio vuelta y los vio. Pegó un saltito de alegría y vino a hablar con el portero, a quien por lo visto, no fue fácil convencer, pero que terminó abriendo la bendita puerta.

Fede y Fabián se colaron adentro, tratando de evitar que la multitud los siguiera.

—¡Nos salvaste! —dijeron los chicos.

—Me salvaste —le dijo Paula a Fabián al mismo tiempo.

—Rápido, Pau —dijo Fede—. Conseguinos una silla para la Foca.

—¿Para la Foca?...

—Después te explicamos. Dale.

—No. Paren. Se nos descompuso el equipo de sonido y no hay nadie que lo sepa arreglar —ahí se frenó. Le costaba lo que seguía. Miró a Fabián–. ¿No lo podés revisar?... Vos entendés de esas cosas...

Lo dijo de una manera... ¡lo dijo de tal manera!... Y aunque lo hubiera dicho de cualquier otra, Fabián hubiera dicho que sí.

–Pará, enano. ¿Qué hacemos con la silla?

–Llevásela vos.

–Pero después no me van a dejar entrar.

Paula fue otra vez al portero.

–Ellos son los sonidistas –le mintió– Él tiene que salir, pero después déjelo entrar porque si no, no podemos hacer la obra.

Fabián y Fede se miraron. ¿Desde cuándo Paula era tan decidida?

El hombre gruñó, pero volvió a abrir para que Fede pudiera salir con la silla en la cabeza. Paula llevó a Fabián al costado del escenario, donde Rubén estaba, con los pelos de punta, tratando de hacer funcionar el equipo.

–Rubén –le dijo–. Fabián sabe de sonido. Dejá que lo revise. Capaz que descubre lo que le pasa.

Fabián se distraía mirando alrededor. Casi todos estaban disfrazados, la escenografía estaba puesta y el telón cerrado. La verdad que todo eso, ahí atrás, parecía bastante bueno.

Rubén lo miró con desconfianza, pero le hizo un lugar. Fabián empezó a tocar botones y a revisar el equipo. Era claro que no largaba un sonido. ¿Quién le había dicho a Paula que él entendía algo?

–En el baile lo arreglaste ¿o no te acordás?

–En el baile tuve que traer el de mi casa, que no es lo mismo. ¿No tienen otro?

–No –dijo Rubén–. Ya no hay tiempo. Si este no funciona, lo hacemos con un grabador.

–¡Pero va a quedar horrible! –se quejó Paula.

–Ya es muy tarde para conseguir un equipo. No te preocupes, no sonará como esto, pero se va a escuchar.

Paula hizo una mueca de disgusto y miró a Fabián, suplicante.

Federico volvió. Había entregado la silla a la Foca y huído lo antes posible.

–La gente está por romper la puerta –comentó– ¿Y?... Lo encontraste?

–Ni ahí. Corriente llega... ¿Lo habrán conectado bien?

Rubén le echó una mirada de odio, que Fabián ignoró, para ponerse a revisar las conexiones, cambiar cablecitos de lugar y tocar todo lo que encontraba.

Paula sufría, por la obra y por Fabián ¡Ojalá lo arreglara! Y Fabián sufría, por la obra y por Paula. No tenía la menor idea de qué era lo que no andaba.

–¿Y Graciela? –le preguntó Fede a Paula.

–Ahí, nene. ¿No la ves?

Fede miró hacia donde le señalaba y casi no puede creer que esa que estaba ahí, fuera Graciela. Estaba tan distinta con ese vestido y ese peinado... estaba tan linda... estaba tan...

Un estruendo lo sacó de sus pensamientos. Todos pegaron un grito.

–Listo –dijo Fabián. Es este cable que hace corto. Si no lo mueven va a funcionar.

–Es que por acá pasa todo el mundo para entrar al escenario... –dudó Rubén.

–¿No puede haber alguien que se quede acá?...

Rubén miró a su alrededor.

–Yo me quedo –dijo Fede–. ¿Qué tengo que hacer?

–Pararte acá y tener el cable para que no se desconecte –explicó Fabián.

Federico siguió las instrucciones. Probaron. El sonido andaba bien. Rubén los miraba hacer, no muy confiado.

–Bueno... ¡Largamos! –gritó por fin.

Los chicos del grupo respondieron con un grito de histeria.

–Todo el mundo adentro que van a abrir las puertas. ¿Te podés quedar por acá por cualquier cosa? –le preguntó a Fabián.

–Sí. Claro... –dijo Fabián que no esperaba otra cosa.

Paula y Graciela se acercaron corriendo a ellos.

–Deséennos suerte –les dijeron.

–Suerte –contestaron Fabián y Fede.

–Así no, tonto –dijo Paula–. En el teatro se dice mierda.

–¡Mierda! –dijeron Fede y Fabián.

Las chicas se fueron corriendo. Federico miró a Fabián.

–Esto va a ser un bodrio –le dijo.

Fabián se rió.

—Si es muy malo, desconectá.

Cuando todo el público estuvo adentro, en la vereda todavía quedaban la Foca, el sargento Guayra y la vieja sentada en la silla.

—No hay ningún apuro —decía la Foca una y otra vez—. Después que entren todos, entramos nosotros.

Y eso hicieron. Se perdieron la primera parte.

Capítulo 28

"Rodeo y Chancleta" salió excelente, tal como lo dijera Rubén. A Paula le temblaron un poco las piernas cuando entró al escenario y tuvo pánico de que no le saliera la voz, como aquella vez en el colegio. ¡Había tanta gente mirándola!...

Mejor miro para otro lado, pensó; y al girar la cabeza, lo vio a Fabián al costado, que levantó el pulgar para desearle suerte. Sin saber cómo, se escuchó hablando. Las palabras salían solas, casi sin pensarlas, las piernas habían dejado de temblarle y empezó a sentir que se estaba divirtiendo a lo loco.

Para Graciela fue distinto. También a ella le temblaron las piernas, pero no tenía miedo. Sabía que todos los ojos la seguían y le encantaba eso de llevarlos para donde ella quisiera. Cuando estaba en lo mejor, diciendo "oh... Rodeo cómo brillan las estrellas" una descarga de sonido interrumpió la escena.

–¿Estrellas? Parecen truenos –le contestó Nicolás.

Todo el mundo se rió y nadie escuchó lo que seguía. Graciela miró a Rubén que le hizo señas de que siguiera adelante. Y allá fue, como si nada hubiera pasado, aunque quería matar a Nicolás.

Es que Federico, se había distraído mirándola y había soltado el cable. Él también pegó un salto con el ruido y le sonrió a Rubén pidiendo disculpas. Pero la mirada que le devolvió el profesor, no fue nada amigable.

Fede trató de prestar atención a lo que estaba haciendo, pero no hubo caso. Después de la tercera descarga, Fabián corrió a reemplazarlo. Mejor, así podía mirar tranquilo.

Llegaron los saludos, los aplausos y las felicitaciones. Fede y Fabián no fueron muy expresivos con las chicas.

–Estuvo bueno –dijeron. Nada más.

Paula y Graciela se desilusionaron un poco. Esperaban que les hubiera encantado. En fin, ya era bastante con que no las cargaran y bastante más con que estuvieran ahí.

–¿Quién era el nabo que hacía de Romeo? –preguntó Fede.

Las chicas se miraron.

–Nicolás –contestó Paula –Actúa re-bien...

–¡¿Bien?!... Tiene una papa en la boca... No se le entendía nada... "Oh... mi amor"... –lo imitó Fede hablando con la boca inflada.

Los chicos se rieron.

–Cuidado que anda por ahí –dijo Graciela.

–Es difícil lo que hizo –lo defendió Paula.

–¡Qué va a ser difícil! –dijo Fede– Yo te lo hago mejor. Mirá.

Y tomándole la mano a Fabián, como una Julieta, comenzó a repetir, como se acordaba, partes de la obra. No le salía mejor que a Nicolás, pero sí más divertido.

–El año que viene, nos anotamos los cuatro –dijo Paula entre risas.

Todos se quedaron callados. El año que viene...

–¿Qué dije? –se sorprendió Paula.

–¿Qué sé yo lo que voy a hacer el año que viene, nena? –le contestó Fede para romper el clima.

Volvieron las risas y los comentarios y Fabián y

Fede se despidieron de las chicas para que pudieran seguir saludando y recibiendo sus felicitaciones.

La gente se les acercaba, los que conocían y los que no conocían y los elogios sobre la obra se repetían una y otra vez. Paula y Graciela no lo podían creer.

De pronto, vieron venir a la Foca y al Sargento Guayra. Paula codeó a Graciela. Habían acertado.

–¡Hermoso! –dijo la Foca dándoles un sonoro beso–. Una excelente adaptación de un clásico. ¡Me alegro tanto que hayan leído Shakespeare!

Las chicas se miraron. Nunca habían leído Shakespeare en su vida.

–Estuvieron muy bien. Las felicito –agregó el sargento.

–Gracias –dijeron ellas.

¿Para quién era la tercera invitación?... ¿Dónde estaba? La Foca las sacó de duda.

–Chicas... –dijo acercando a la vieja, a quién las chicas no habían registrado–. Quiero presentarles a la Señora Guayra. La mamá del sargento.

¡¡¡La mamá del sargento!!! Fue tal la sorpresa, que no supieron qué decir. Así que esa era la famosa señora de Guayra...

La madre del sargento también las felicitó y las besó con un beso húmedo y ellas agradecieron deseando que se fueran rápido para poder reírse a carcajadas.

–El sargento y su mamá están por poquitos días y yo quería que conocieran a mis alumnos... por eso los invité –explicó la Foca, radiante.

–Hizo muy bien. Muy bien –le dijo la vieja.

Volvieron a saludarse y ni bien la Foca y sus invitados se alejaron, Paula y Graciela se miraron, se agarraron de las manos y pegaron un grito estridente, acompañado de patadas contra el suelo.

–Estos chicos... –comentó la vieja sonriendo mientras se alejaban.

Paula y Graciela habían descubierto el secreto de la señora Guayra. ¡Jamás se les hubiera ocurrido!

Lo que nunca llegaron a saber, fue que gracias al mal funcionamiento del correo, la carta que la Foca le envió a la madre del sargento, nunca llegó a destino; así que la pobre señora Guayra, jamás se enteró de que alguien le había planificado unas vacaciones en Mar del Plata y el sargento tampoco se enteró de que alguna vez estuvo por no venir a Buenos Aires.

Sólo había habido una confusión el día en que el sargento llamó a la Foca para avisarle cuando llegaba.

—Ay... Beto... ¡Cuánto me alegro! ¿Así que va a venir, después de todo?... —había dicho la Foca.

—Pero Elvira... —contestó el Sargento ofendido—. Yo le dije que iba a ir. ¿O es que no confía en mi palabra?

Fue la frase mágica para que la Foca no preguntara más. Tal vez lo de Mar del Plata fueran inventos de la madre. Él nunca lo había mencionado. Tal vez no hubiera sido un invento, sólo un error. Tal vez se fueran a Mar del Plata en otra fecha... Sea como sea la Foca cambió de tema; no podía permitir que el sargento creyera que desconfiaba de él.

—Por supuesto que confío, Beto. ¿Cuándo llega?

Y ahí quedó todo... por suerte para todos.

Capítulo 29

Fabián y Federico se fueron del Misericordia caminando juntos. Pasados los comentarios de la obra, las bromas y las burlas, los dos sabían que había algo pendiente que tenían que aclarar.

Como ninguno de los dos se animaba a tocar el tema, caminaron toda una cuadra en silencio. Tenían miedo que hablar de la pelea los llevara a pelearse otra vez. Había sido bueno estar juntos esa tarde. Como antes. O casi como antes.

Fabián rompió el fuego.

–Así que cortaste con Leticia –comentó.

–Cortó ella –dijo Fede–. Todo mal. ¿En serio te cabreaste porque yo salía con ella?

Fabián lo miró.

–No. Para nada –no estaba demasiado seguro del "para nada".

–¿No?... ¿Y por qué te enojaste entonces?

Fabián se rió.

–Ya ni me acuerdo. Es que cuando yo le dije a Graciela que estabas saliendo con Leticia, ella ya lo sabía. Parece que todo el mundo lo sabía... menos yo, claro.

–¡Ni ahí! Si yo no se lo dije a nadie...

–Bueno... a alguien se lo habrás dicho, porque Graciela...

–Graciela me dijo que se lo dijiste vos –lo interrumpió Fede.

–Sí, claro. Pero era un bolazo para molestarla. Estaba repesada con ese asunto de llamar al sargento y nos empezamos a pelear y yo inventé eso para molestarla. Pero ella me salió con que ya lo sabía...

–¡Sos un nabo, enano! ¡Sos un verdadero nabo! –empezó a gritar Fede.

Fabián lo miró. No entendía nada.

–¿No te das cuenta que Graciela también mintió? ¡No sabía nada! ¡Y vos te lo tragaste, nabo!

Fabián estaba desconcertado.

–¿Vos querés decir que ella dijo que lo sabía para... qué sé yo... para no quedar pagando?

–¡Más bien! Si yo empecé a salir con Leticia como una semana después. El día que casi me agarrás a piñas ¿te acordás?

Fabián se acordaba perfectamente. No sabía qué contestar.

–¡Qué tarado, enano! –insistió Fede.

Fabián hizo un gesto de resignación. Sí. No había estado muy vivo.

–O sea... –reflexionó– que todo este bardo lo armó Graciela.

–Como siempre. Todos los quilombos los arman las minas. ¿Qué duda te cabe?

Caminaron unos pasos en silencio. Fabián trataba de ordenar las ideas. ¿Por qué se había peleado con Fede, realmente?... No llegó a ninguna conclusión. Y además... ya no importaba.

–Bueno, contame. ¿Qué pasó con Leticia? –le dijo de pronto.

Y no se separaron hasta que se terminaron de contar con lujo de detalles la historia de Leticia, la pelea con Paula y todo lo que les había pasado durante este tiempo de separación.

Capítulo 30

El lunes siguiente, la escuela era una fiesta. Era la última semana de clases... ¡y de séptimo!; las pruebas habían terminado; la función de teatro había sido un éxito; estaban otra vez los cuatro juntos... y Miriam había faltado.

Las maestras trataban inútilmente de poner orden. Ya estaba. Chau a la escuela. ¿Quién quería formar?

Todavía no habían entrado al aula, cuando vieron a Miriam aparecer al lado de su papá. No era algo muy extraño. El padre de Miriam seguía siendo el presidente de la Cooperadora y de tanto en tanto venía por la escuela. Lo que sí los sorprendió, es que Miriam, en vez de venir a formar, siguió a su papá rumbo a la Dirección.

Los chicos se miraron. Algo olía mal.

Entraron al aula: Miriam no estaba y la Foca

tampoco. El aula era un batifondo, así que cuando entró Ramón, el portero a buscar a Graciela y a Paula, tuvo que gritar para que lo escucharan.

Graciela y Paula se levantaron y miraron a los chicos.

–¿Qué pasa? –preguntó Fede.

–No sé –dijo Graciela–. Pero me suena a que la gorda buchoneó algo.

Siguieron a Ramón hasta la Dirección y ahí se encontraron con la directora, la Foca, Miriam y su papá, en gran reunión.

Paula y Graciela se apretaron la mano. ¡¿Qué habría dicho la gorda?!

–Acá nos cuenta Miriam –comenzó la directora– que hace unas semanas ustedes le pidieron que sustrajera unas cartas de la cartera de la señorita Elvira.

Graciela miró a Miriam con odio. ¿Cómo podía haber dicho eso?... Miró a Paula. ¿Qué hacían?

–¿Fue así o no fue así? –volvió a preguntar la directora.

–No –dijo Graciela–. Miriam las sacó por su cuenta.

–¡No mientas! –gritó Miriam.

Lo cierto es que ella nunca había imaginado este careo. Pensó que si confesaba, haciendo responsables a las chicas, no le iba a pasar nada.

–No miento. Vos fuiste por tu cuenta.

–¡Porque ustedes empezaron a sospechar que el sargento Guayra era casado! –gritó Miriam.

La Foca se puso pálida.

–¿Casado?... –susurró.

–No, seño, no. Quédese tranquila –dijo Paula–. Fue algo que se nos ocurrió, pero no es cierto.

–¡No seas mentirosa! Ustedes me lo dijeron. ¿Quién era la señora Guayra, si no?

–La mamá del sargento –le contestó Graciela con una sonrisita socarrona.

Miriam se quedó con la boca abierta.

–Por supuesto –agregó la Foca–. Las chicas la conocieron ayer.

Miriam las miró sorprendida. ¿Se había perdido otra?

–Yo le puedo decir lo que pasó –dijo Graciela, segura de que lo mejor en ese caso, iba a ser la verdad.

—Es lo que estamos pidiendo —dijo la directora.

—Señora —intervino el padre de Miriam—. Mi-riamcita ya dijo la verdad. Creo que esto no es necesario.

—Vamos a escuchar a todos, señor Reynoso —le contestó la directora con su mejor sonrisa y miró a Graciela para que empezara.

—Bueno, nosotras creímos que el sargento Guayra era casado.

—¿Y por qué creyeron eso? —preguntó la Foca.

—No sé... se nos ocurrió —dijo Paula.

Ni pensaban contar lo del teléfono. De eso nadie había hablado.

—Y no sabíamos si la señorita Elvira lo sabía y no queríamos que la engañaran.

Graciela se frenó.

—Continúe —dijo la directora.

—Bueno... que entonces... para que ella supiera que había una señora Guayra... le escribimos una carta falsa. Miriam la escribió.

—¡Miriam! —tronó el padre—. Vos no me dijiste eso.

—Me obligaron —dijo Miriam.

–No seas mentirosa –gritó Paula–. La escribimos en tu casa.

–¿Eso quiere decir que la carta que yo recibí... –balbuceó la Foca.

–Era falsa.

Se produjo un silencio.

–Pero... –dijo la directora– ¿Eso qué tiene que ver con las cartas que sacaron de la cartera?

–Era para ver si había alguna respuesta –dijo Graciela–. Pero Miriam venía con las cartas. Nosotras también tenemos la culpa, pero no de eso.

–¡No! ¡Claro! –tronó el papá de Miriam –Si ahora va a resultar que la única culpable es mi hija.

–Eso no es lo que importa, Sr. Reynoso, sino que las chicas entiendan que estuvieron muy mal, interviniendo en la intimidad de estas personas.

–Señora, no pienso aceptar que mi hija quede como una ladrona y que las instigadoras salgan inocentes.

–Señor Reynoso. Nadie está haciendo acusaciones de esa índole. Estamos hablando de algo más importante.

La Foca, de pronto saltó con...

–¿Entonces no era cierto que se iba a Mar del Plata?

La directora, por supuesto no entendió.

–No, seño. Lo inventamos nosotras –dijo Graciela bastante avergonzada–. La verdad es que quisiéramos pedirle disculpas.

–Lo hicimos por usted –agregó Paula–. No queríamos verla triste.

–No sabíamos cómo avisarle... –siguió Graciela.

–Por suerte no era cierto... ¿Se imagina si era casado?... –dijo Paula y Graciela le pegó un codazo que casi la voltea.

–Queremos pedirle disculpas...

Pero, para sorpresa de todos, la Foca en vez de disculparlas, se empezó a reír, cada vez más fuerte, tanto que tuvo que sentarse y sacar su pañuelito para taparse la boca.

–¡Casado! ¡Qué plato! –repetía ante la sorpresa de todos.

Cuando pudo tranquilizarse, pidió disculpas, sermoneó a las chicas por tocar las cosas ajenas, pero también las perdonó emocionada porque se hubieran preocupado por ella, con abrazo, lágrimas y todo.

Se dio por terminada la reunión, la directora despidió al Sr. Reynoso, que se fue disgustadísimo porque el honor de la familia no había quedado a salvo y a la Foca que corrió al aula, porque los gritos ya se escuchaban desde la calle.

Tuvieron otro sermón, mucho más duro. Las chicas no tenían otro justificativo que la buena intención que habían tenido. Miriam encima había mentido. ¡Si no hubiera abierto la boca!... Pero Miriam era Miriam y no podía haber terminado séptimo de otra manera: complicándolo todo.

–Pensé que iba a ser peor –dijo Graciela cuando salieron de la Dirección.

Paula respiró aliviada.

Capítulo 31

El último día llegó. Séptimo era un descontrol. Los delantales, a pesar de los ruegos de las maestras, ya no tenían un solo pedacito blanco. Estaban escritos, dibujados, cortados como verdaderas obras de arte. Los de sexto hicieron la despedida.

Las chicas se abrazaban y lloraban, los chicos se reían y bromeaban. La alegría del fin de curso, la tristeza por la separación, las ganas y el temor del secundario, todo se mezclaba en las charlas a los gritos, las risas y el desorden.

Paula le pidió a Fabián que le firmara el delantal. Fabián pensó. Quería poner algo ingenioso, pero no se le ocurría nada. Puso "Fabián".

–¿Eso sólo? –preguntó Paula desilusionada.

–Aunque no escriba nada, no te vas a olvidar –dijo Fabián–. Yo no me voy a olvidar de vos.

–No, porque nos vamos a seguir viendo –dijo

Paula como consuelo.

–Pero no va a ser lo mismo.

Se quedaron callados. Ninguno de los dos escuchaba el batifondo que había alrededor.

–Fabi... –dijo Paula.

–Qué.

–Estuve pensando... Estuvo bien.

–¿Qué cosa? –Fabián verdaderamente no entendía.

–No sé... Todo. Que saliéramos estuvo bien y que nos peleáramos también.

–¿Te parece?

Paula se encogió de hombros.

–No sé... A mí me dolió.

–A mí también –dijo Fabián–. No sé lo que estuvo bien.

–No sé cómo explicarlo. Me parece que es bueno ... No sé.. conocer a otra gente... no sé... Me parece que estamos distintos.

–Puede ser...

–¿Vos no pensás lo mismo?

Fabián dudó.

–Al principio cuando nos peleamos no. Ni sé por qué nos peleamos.

Paula se rió.

–Yo tampoco.

–Fue una tontería –dijo Fabián.

Paula se puso seria.

–No. No fue una tontería. Tenía que ser así.

Fabián la miró.

–Yo no quiero salir... por ahora. ¿Vos?

Fabián dudó.

–No. Yo tampoco.

Paula tenía razón. Algo ya no era igual.

–Pero quiero seguir siendo tu amigo. Amigo de todos –dijo Fabián.

–¿Y qué duda hay? Claro que vamos a seguir.

–A pesar de la gorda –se rió Fabián.

Paula también se rió.

–¡Alumnos! ¡Alumnos! –gritaba la Foca golpeando sobre el escritorio –¡Alumnos!

Esta vez la escucharon.

–Tomen asiento, por favor, que quiero decirles algo.

Nuevo ruido atronador hasta que se acomodaron las sillas.

–Alumnos... chicos –se corrigió–. Pasamos estos dos últimos años juntos y juntos vivimos muchas cosas, de las buenas y de las malas, porque así es la vida.

–Más malas que buenas –le susurró Fede a Fabián por lo bajo.

–Sí, Soria. Más malas que buenas –respondió la Foca ante la sorpresa de Federico y la carcajada de todos.

–Lo que usted nunca supo, Soria, es que yo tengo un oído excelente ¡excelente!

Federico no pudo evitar ponerse colorado.

–Pero cuando pasen los años, Soria, usted, todos ustedes, van a recordar séptimo grado como algo bueno, muy bueno y de las cosas malas se van a olvidar. Acuérdese lo que le digo. Yo los conozco bien a todos, a uno por uno y sé de lo que son capaces. Tal vez no sepa si se acuerdan cuál es el pico más alto de la cordillera...

–¡El Aconcagua! –gritaron todos.

La Foca se sonrió.

–Muy bien. Se acuerdan. Pero de lo que estoy segura, es que ustedes son todos muy buenas personas y espero, de todo corazón, que lo sigan siendo a lo largo de su vida.

Ahí la Foca ahogó una lágrima y muchos empezaron a moquear también.

–Solo quería decirles –siguió con esfuerzo– que quiero desearles toda la suerte del mundo en la etapa que van a iniciar... y que ya saben... si me necesitan para algo, no duden en venir a buscarme.

La Foca se secó los ojos y los chicos ahogaron las lágrimas al grito de "¡Elvira! ¡Elvira!".

La puerta se abrió en ese momento y entró la directora. No era momento para formalidades así que cambiaron el grito de "Elvira" por el de "La Dire".

La Foca, desesperada y sonriendo, pidió silencio.

–No se preocupe Elvira –dijo la directora sonriente –Sólo quería entregarle esto. Llegó su pase.

La Foca agarró el papel sonriente y con manos temblorosas.

–¿Se va de la escuela, seño? –preguntó alguien extrañado. La Foca era como las paredes de la escuela, no se podía ir.

–Sí –contestó ella cada vez más sonriente–. Me voy a vivir a Córdoba.

Los chicos se dieron codazos hasta que les dolió.

–¿Se... se va a casar, seño? –preguntó Graciela con cuidado.

La Foca sonrió.

–No sé... Puede ser. Por ahora sólo me voy a vivir allá.

Antes de que terminara de hablar, todos se levantaron corriendo a rodearla y abrazarla. La directora sonriendo salió del aula, dejando que disfruten su despedida.

Esa tarde, a la última hora, con toda la escuela reunida en el patio, los chicos dieron la vuelta olímpica. Corrieron como nunca, agitando los delantales y cayeron rendidos unos sobre otros, lágrimas sobre risas, abrazos y besos sobre empujones.

Todos lloraron a más no poder. Esta vez, los varones también, pero la que más lloró apretando su pañuelito, fue la Foca.

Cuando todos ya se habían ido de la escuela y Ramón fue a cerrar las puertas, vio que Graciela, Paula, Fabián y Fede seguían ahí, sentados en los escalones, abrazados, riendo y llorando al mismo tiempo.

Capítulo 32

El baile de egresados fue al día siguiente. Ya no parecían los mismos. Los delantales rotos y escritos habían dejado paso a los vestidos de fiesta, las zapatillas a los tacos, los pantalones de fútbol a los pantalones nuevos y hasta alguno se había animado con una corbata.

No era un baile ideal. Todos los padres estaban ahí y las maestras y la directora. Eso sí, esta vez, había un excelente disc- jockey, ¡y hasta luces tenían!

–¿Y, qué me dicen? –comentaba el papá de Miriam al que lo quisiera escuchar– ¡¿Qué fiesta organizamos, eh?! ¡No reparamos en gastos!

¿Qué menos podía hacer, si era el baile de Miriamcita?

Cuando sonó el vals, los padres se acercaron a bailar con sus hijas y las madres con sus hijos. Nadie pegaba un paso y aunque los padres se esforzaban, ese vals no dejó de parecer una cumbia fuera de ritmo.

Todos aplaudieron a la Foca cuando salió a bailar con el sargento Guayra y volvieron a rodearla al grito de "¡Elvira, Elvira!". Federico se animó y la sacó a bailar. El sargento se la cedió atentamente. Los aplausos crecieron. Mientras trataban de girar hacia algún lado, la Foca le dijo:

—A ver si en el secundario sienta cabeza, Soria...

—Se lo prometo, seño —mintió Fede.

El sargento lo rescató y Fede, solo en el medio de la pista, buscó a Graciela con la mirada. Estaba bailando con Matías. Sin dudarlo, se acercó y al grito de "me toca a mí", se la arrancó de las manos.

Graciela trastabilló riéndose.

—¡Sos un animal, nene! —le dijo arreglándose el vestido.

—Che, Gra... —dijo Fede como al pasar—. Ahora que ya sos una mina de secundario...

—Todavía no.

—Bueno, casi. Digo, ¿no?... ¿Querés salir conmigo?

Graciela se echó a reír.

–Por supuesto que sí. Siempre soñé con este momento –bromeó.

Entonces Fede, le dio un beso que la dejó sin aire.

–¿Era en serio?... –preguntó Graciela tratando de recuperarse del asombro.

–¡Más bien! ¿Te parece que voy a bromear con algo así?

Graciela alejó la cabeza para mirarlo bien. Era en serio.

–Y... sí... –dijo.

Se volvieron a besar. Fabián y Paula que pasaban bailando al lado se frenaron y los miraron desorbitados.

–Perdón... –dijo Fabián tocándoles el hombro–. ¿Se están despidiendo?

Fede la miró a Graciela.

–¿A quién le contamos primero? –dijo señalándolos.

No tuvieron que contar nada. Paula y Fabián se les tiraron encima. Casi se van los cuatro al suelo.

Miriam, volvía del baño y al ver el alboroto, corrió y también se les tiró encima.

–¿Y vos qué hacés piba?

–Festejo ¿Está prohibido? –dijo Miriam, reacomodándose los pelos y la ropa.

–¿Festejás qué?

Miriam los miró descolocada.

–Que se terminó séptimo... ¿No era eso?

–No, gorda –dijo Fabián–. Y esta vez, no te vas a enterar.

Los cuatro se alejaron riendo. Paula y Fabián de la mano, Fede y Graciela también.

–Ya sé –se dijo Miriam–. No soy tonta. Paula volvió a salir con Fabián.

Y volvió a la pista de baile lo más contenta.

Cuando apagaron las luces, Ramón los despidió a todos en la puerta, como lo había hecho durante siete años.

–Hasta el año que viene –les dijo.

Todos se rieron.

–No, Ramón. El año que viene no volvemos –protestaron.

–Van a volver... Yo sé lo que les digo. –Les contestó Ramón–. Todos vuelven.

Con un suspiro de alivio, cerró la puerta detrás de ellos. Después, él también se secó una lágrima.

CAÍDOS DEL MAPA
de María Inés Falconi
Ilustración: Caloi

A PARTIR DE 11 AÑOS

NOVELA

Cosas de
todos los días

Cuatro chicos de séptimo año planean ratearse en el sótano de la escuela. Pero lo que ellos no imaginaron era que se les colaría una compañera francamente indeseable: la olfa y buchona del curso.

Mientras transcurre de todo allí abajo, en la planta baja; en la superficie, se desarrolla otra historia: la de las profesoras, la directora y los padres quienes reaccionan de diferentes modos frente a la acción de los chicos.

Una novela de hoy, atrapante como pocas.

Amor
• Amistad

CAÍDOS DEL MAPA II
CON UN PIE EN EL MICRO
de María Inés Falconi
Ilustración: Alejandro Ravassi

A PARTIR DE 11 AÑOS

NOVELA

Cosas de
todos los días

Aquellos cuatro chicos que conocimos en CAÍDOS DEL MAPA terminan séptimo. Padres y maestros preparan el viaje de egresados que transcurre entre sabrosos incidentes.

Mientras la buchona del curso inventa una maldad tras otra, nuestros héroes desbaratan sus planes.

Desde los preparativos del viaje, hasta que los chicos suben al micro, con el pasajero sorpresa y la maestra no deseada, CAÍDOS DEL MAPA II fascina y atrapa con la misma o mayor intensidad que CAÍDOS DEL MAPA.

Amor
• Amistad

CAÍDOS DEL MAPA III
EN VIAJE DE EGRESADOS
de María Inés Falconi
Ilustración: Victoria Arwen

A PARTIR DE 11 AÑOS

NOVELA

Cosas de
todos los días

Amor
• Amistad

Nuestros cuatro amigos de **CAÍDOS DEL MAPA** y **CAÍDOS DEL MAPA II**, emprenden el tan ansiado viaje de egresados a La Falda.
El viaje en micro, con un escondido tripulante y las vicisitudes que este personaje les ocasiona, nos entretienen y apasionan.
¿Quién hubiera imaginado que la llegada y el primer día de estadía estarían llenos de aventuras y enredos insospechados?
El libro es actual, con un diálogo fácil, ameno y divertido.

LOS VERDES DE QUIPU

EL FANTASMA DE CANTERVILLE
de Oscar Wilde
Ilustraciones: Alejandro Ravassi
Traducción y adaptación: Carlos Silveyra

A PARTIR DE 10 AÑOS

NOVELA

Terror • Misterio
• Policial

• Humor

Un antiguo castillo inglés, el de Canterville, ha sido vendido a una rica familia norteamericana, la del embajador Otis. Pero en el castillo había un fantasma...
Este relato se encuentra entre los mejores de Oscar Wilde, uno de los más importantes escritores de todos los tiempos, donde se combinan el terror, el humor, la aventura y la crítica social.

Se terminó de imprimir
en enero de 2003, en los talleres de
Erre-Eme S. A.,
Talcahuano 277, 2º piso
C1013AAE - Ciudad de Buenos Aires
(54 11) 4382- 4452
erreeme@fibertel.com.ar